步履不停

歩いても 歩いても

〔日〕是枝裕和 著

郑有杰 译

北京联合出版公司
Beijing United Publishing Co.,Ltd.

歩いても　歩いても

那是距今七年前的事了。当时的我刚满四十岁，虽然已经称不上年轻，但如果把人生比作一场马拉松，也还没抵达折返点。至少，当时的我是这么想的。

那年春天我结了婚。在成为丈夫的同时，我也成了一个小学五年级男孩的父亲。也就是说，我的结婚对象是带着她和前夫的小孩跟我结婚的。这也没什么不一般的。顺带一提，"一般"，正好也是那个男孩——名字叫作淳史——的口头禅。

"已经很不错啦，你还配不上人家呢！"姐姐说。

就算被如此揶揄，我也没有感到不是滋味。虽然姐姐只大我两岁，但她从小就爱把我当小孩子看，而后遗症至今还留在我身上。至于父亲，则没有对我的婚姻表达任何意见。基本上除了婚姻之外，关于我的任何事情，他也几乎没有表达过什么意见。

恐怕他是对我的事情没兴趣吧。而母亲，与其说在意我跟怎样的女性结婚，不如说她更在乎我总算结婚了这个事实，终于让她放下多年以来肩上的重担。不过认真说来，我猜她心里也不太认同这桩婚事吧。

虽然当时父母都已超过七十岁了，但那时他们都还健在。我当然知道，他们迟早有一天会走，但那也只是"迟早"，我还无法具体地想象失去父母到底是怎样的状况。而关于我接下来要讲的那一天，其实也没有发生什么决定性的事件，我只是隐隐约约地感觉到，许多事情已经在水面下悄悄酝酿。但即便如此，我却故意装作什么都不知道。直到我真的搞清楚的时候，我的人生已经往后翻了好几页，再也无法回头挽救什么。因为，那时，我已经失去了我的父母。

感觉从那之后已经经过了漫长的岁月。"当初若是这么做的话"或是"如果换成现在的我就能做得更……"之类的感伤，至今仍会不时地袭上我心头，感伤伴随着时间沉淀、混浊，最终甚至遮蔽了时间的流动。在这段不断失去的日子中，如果说我还得到过一点什么，应该就是：人生总是有那么一点来不及——这么一种近似于认命的教训吧。

"还是坐最后一班电车回去吧。只要八点从那边出门的话就一定赶得上。"

周六上午，我在摇晃的电车车厢内，将手机上的换乘信息给由香里看。

"已经说好要过夜了啊，而且换洗衣服什么的我也都带了……"

她有点不满地拍了拍抱在膝上的包。坐在我们俩中间的淳史从刚才就沉迷于手上的游戏机。他今天穿着白色短袖衬衫，黑色的七分裤，配上黑色的皮鞋。这是昨晚由香里想了半天后终于选出来的"重要场合才穿"的衣服。

昨天中午，我不经意地在母亲打来的电话中答应她说会过夜。

"哦？是吗？"

母亲在电话那头拉高音调惊讶地回答。听到她的反应，我不禁觉得要是刚刚说当天来回就好了，但一时也找不到好的借口，就这么挂了电话。顺着眼前的状况随波逐流，事后却反悔不已……这是我的坏习惯。

坐在从品川站发车的京滨急行电车中，电车每过一站，我心中的反悔就大一些。窗外不断向后退去的大楼玻璃，反射着被切割成四方形的蓝天白云。虽已进入九月，但今年炎热的暑气依旧。晨间新闻说，上午的气温将会超过三十摄氏度。想到从公交车站到老家门前的那段上坡路，我就不禁却步。

在我久里滨海岸附近的老家中，是不管多热都不会随便开空调的。

汗流浃背对身体是有益的。

父亲用他这套哲学逼着全家人实践他的健康法则，这习惯直到现在都没有改变。光是这个理由，就足以让极度怕热的我不想返乡。最近甚至连一年一次的年假，我都会极力找借口不回去。

我们搭的电车与反方向的来车错车，车厢剧烈地"嘎嘎"作响。

"不然就说是学校突然要开家长会，你觉得怎样？"

听我这么随口一说，由香里慢慢地伸出食指，指着自己。

难道你现在是要叫我想办法？

她用充满疑虑的表情看着我。

"嗯，不行吗？"

我猜，我当时是用哀求的眼神看着她的，她深深叹了一口气。

"你就是这样，每次都推给别人。"

的确，会变成这样都是我造成的，我知道是我自作自受。但未必非得用我的事来当不过夜的借口，到了紧要关头，我甚至想说干脆请淳史装病也是一种方法。

电车过了两三条河后，绵延窗外的大楼不再，取而代之的是广阔的天空。

对面的座位上坐着看来像是要去游乐园的一家人。两个男孩子翻着母亲的包，从里头拿出了饭团，是便利店卖的那种。可能是还没吃早餐，兄弟俩抢着饭团。看上去还不到三十岁的父亲对于小孩的吵闹视若无睹，专心看着摊开的体育报，上面报道着一个资深职棒[1]选手退役的消息。我记得他和我差不多是同样岁数的人，于是忍不住追着标题看了下去。想起在电视前兴奋地看着他打甲子园[2]的情景，一切仿佛昨日。

"就算回去也不知道要聊什么，我爸甚至到现在都还以为我在迷职棒呢。"

"职棒"一词吸引了淳史的注意，让他首度停下手中的游戏抬起头来。

"小良你喜欢棒球吗？"

这句话听起来像是在说：你竟然会喜欢棒球那种运动，混杂着某种惊讶与轻蔑的语气。

"以前啦，很久以前。"我像是否定自己的童年似的，慌张

---

1 职业棒球的简称。

2 日本全国高中棒球决赛地为阪神甲子园球场，因此"甲子园"也就成了日本全国高中棒球决赛的代称。因"甲子园"承载了无数日本人的青春梦想，因此受关注度极高。

地回答。

"嗯哼"了一声后，淳史又埋首于手中的游戏机。这一代的男孩中流行的运动都是足球或篮球。淳史今年春天也参加了小区的篮球队。每当我问他"好玩吗"，他总是回答"一般吧"，每次都被由香里骂。淳史的班上似乎有很多小孩从来不曾打过棒球。这么说来，我最近也很少在街头看到玩丢接球的小孩了。但如果去看我小时候的照片，则会发现班上大半的男生都戴着棒球帽。

"话说在前面，我可比你还紧张呢。不过你也不会懂吧。"

由香里一边压着淳史睡乱的头发一边说。

"我知道，我知道啦。"

那是理所当然的。她是要以媳妇的身份去面对家里的公婆。况且她是再婚，而我是第一次结婚，要她不紧张是不可能的。所以我才跟她说了好几次"不用勉强自己"。

"但也不能老是这样吧？"她自己则坚持要去。虽然我现在很想跟她说"我不是早就跟你说过了吗"，但最后还是作罢。我不认为继续刺激她是个好主意，于是把手机放回了胸前的口袋中。

大约在我小学四年级的时候，父亲曾带着大哥和我到还没改建成东京巨蛋的后乐园球场看球赛。被水银灯照亮的鲜绿色草皮，回荡其上的打击声、欢呼声。十二局上半场，我们支持的横滨大洋鲸队[1]终于逮到机会准备一举反击时，我们却为了要赶最后一班电车而不情愿地离开球场。就在我依依不舍地走向出口的那一瞬间，突然听到一声干瘪的打击声，接着欢呼声响彻云霄。我们互看了一下，身旁那些原本要回家的观众一时间全部掉头涌向了球场。父亲二话不说也跟着掉头，转眼间已经推开人群向球场走去。我和大哥则是手牵着手，拼命地追着父亲的背影。结果那一天我们是搭计程车回久里滨的。虽然我已经不记得最后到底是哪一队赢了，但那个时候父亲喜滋滋的背影，以及如顽童般闪烁着光芒的双眼，至今都还深深烙印在我的脑海里，跟平时在病患或家人面前充满威严……不，应该说是坏脾气的"老师[2]"的表

1　横滨大洋鲸队（横浜大洋**ホエールズ**），横滨海湾星队（横浜**ベイスターズ**）的前身。

2　日本人通称老师、医生或在社会上有身份和地位的人为"先生"，即中文的"老师"。

情，可以说是判若两人。

那已经是三十多年前的事情了。但直到现在，只要我们之间陷入尴尬的沉默，父亲仍旧会聊起棒球。

"不知道今年的海湾星队怎样了……"

"我哪儿知道，我早就不看棒球了。"

如果可以这样决断地回答，也许对彼此都会是一种解脱。但我从不曾这么做。

"是啊……怎么样了呢……"我总是不断给他如此模棱两可的回应。

久别了一年，车站前的景象变了许多。出了南出站口左转，有通往公交站牌的楼梯。途中有间立食面店[1]，门口多了一台餐券

1　昭和四十年（1965 年），日本经济蓬勃发展。应赶时间的上班族需求，出现了没有椅子，只让客人站着吃面的面店，成为日本特有的快餐文化。这种店大多在车站附近，店面小，售价低，通常味道不会太讲究。

贩卖机，并加了玻璃门。原本挂在墙上脏兮兮的手写菜单已不见踪影。而出租车停靠站旁卖鲷鱼烧[1]的小店面，如今也换成了便利店。虽然站前的景象被开发得更加现代，但总好像少了那么一点所谓的街町气息。再加上车站前新盖了一座环岛，害得我都找不到往老家方向的公交站牌在哪儿。我只好提着在车站水果摊买的西瓜四处寻找，好不容易找到站牌时，我们三个人已经全身是汗了。

我们确定了发车时间后，走进了一间咖啡店。这家店在我高中时是一间供应不辣的咖喱饭和黏稠稠的意大利面的破旧咖啡店，如今则整了整形象成了家庭餐厅，还摆设了无限畅饮的饮料区。淳史刚刚一直站在那前面，嘴里衔着杯子，想着要喝什么饮料。看他那样子，还真像是个无处不在的"一般"的十岁男孩。

"要好好地跟姐姐问清楚哟。"

坐在我对面，正在给吸管包装纸打结的由香里又跟我提起

---

1 在日本很常见的一种点心。类似鸡蛋糕，用鲷鱼形状的模子烧成，通常里面还有红豆沙。在寒冷的冬天吃上一口热乎乎的鲷鱼烧，是许多日本人甜蜜的童年回忆。

昨晚谈的事情。什么事？我故意用没听懂的表情装蒜地看着她。

"搬家的事情啊。"

"哦哦……你是说那件事啊。"明明知道，我还是这么回答。

"大家一起商量不是比较好吗？况且还要顾虑到爸爸……"

"那种事情让姐姐自己去操心就好了吧。"

我一吐为快，那是跟我们不相干的事情。

姐姐他们一家目前住在姐夫公司位于三鹰的员工宿舍。因为两个小孩都长大了，现在住的地方已经略嫌拥挤，于是她把脑筋动到了老家那间不再营业的家庭诊所，想拆掉它将老家改建成二世带住宅[1]。她的先生信夫虽不是入赘，但因为在家里排行老三，也没有义务照顾住在福岛乡下的双亲。恐怕姐姐的如意算盘若是实现了，她就会搬回老家，并且把小孩交给老妈照顾，自己则忙碌于网球或旅行之类的玩乐吧，就像她年轻时那样。

---

1 二世带住宅有别于两代同堂，意指在同一栋房子内，分成上下或左右两个单位，两个入口。让亲子两代可以在同一建筑中过着互相独立的生活。二世带住宅是日本近年来流行的居住方式。

"事到如今我也不想再搬回去住了，如果姐姐可以照顾他们，也算是帮了我一个大忙。"

那真的是我的肺腑之言。如果可以从父母的束缚中解放，逃离那个家，土地和房子全让给姐姐我也不觉得可惜。

"不能这么说吧，好歹你也是长子啊。"

"我是次子。"

我又不是不知道……像是在这么说似的，由香里露出无奈的表情。

由香里并不是在惋惜财产（如果称得上是财产的话）全部被姐姐占有。她是在责怪我身为家族的一分子，却对家里的事情完全不想负责任的态度。她是正确的，我完全无从反驳。但对我这种人来说，她的那种正义感有时候会让我觉得很烦。我宁愿她跟我说"你也拥有这房子一半的权利呢"这类的话，我还落得轻松些。现在我如果插手搬家的事，只会让事情更复杂，这时什么都不管才是上上之策。姐姐那么精明，一定会拉拢老妈，进而让事情顺利进行的。

我喝了一小口咖啡。只有酸味，没有苦味，跟以前一样难喝的咖啡。

淳史终于从饮料区回来，坐在由香里旁边。他小心翼翼地把装得满满的杯子放在桌上，避免饮料溢出来。杯里的可乐颜色略嫌淡了些。

"那是什么啊？"由香里皱着眉头问他。

"可乐兑姜汁汽水。"淳史得意地说。

"干吗不分开喝呢？明明是无限畅饮。"

由香里沉着脸，小声地念了他一句"穷酸鬼"，然后拎着化妆包起身。

我猜她是要去补被汗水溶化开的妆吧。

座位上只剩我和淳史。店里的音乐声突然变大了。不，应该只有我感觉变大了。

店内有几个家庭吃着早午餐，好像是在电车上见过的面孔。中间那桌，一个五岁左右的男孩子正吃着巧克力圣代。他母亲伸手拿了圣代上的樱桃要吃，结果被他生气地抢了回去。"你明明又不喜欢。"他母亲抱怨着。小男孩像是故意要气她似的，把抢回的樱桃放一边，汤匙却插入香草冰淇淋中。

关于巧克力圣代，我有一个苦涩的回忆。很久以前，在搬到久里滨现在这个家之前，我们一家五口住在东京的板桥区。虽然是木造的老房子，但也算是独栋平房。离家最近的车站是东武东上线的上板桥站，当时的车站前还没有什么商店街，我们要逛街购物就要到池袋才行。虽然我们不算穷，但父亲并不喜欢带着小孩到西餐厅这种高档的地方。说到在外头吃午餐，大多是在地下商场一家叫"帝"的中华餐厅。父亲一定会在那里点汤面和饺子，我则喜欢点加了伊达卷[1]的什锦面。偶尔我们也会到百货公司八楼的一家西餐厅吃。说是西餐厅，但其实就是买了餐券后跟其他客人在广场一起用餐的大众食堂。即便如此，这也足够令当时的我雀跃不已。通常我会在那里点汉堡肉

---

1 日式料理中，将蛋黄和碾碎的鱼肉混在一起煎成的蛋卷。常用于年夜饭或庆典。

或蛋包饭等填得饱肚子的东西，因为我父亲不喜欢看到男生吃一些松饼之类的甜食。但是那一天不知道怎么了，父亲心情特别好，竟叫我们"喜欢什么就点什么"。我再三犹豫之后，点了巧克力圣代。细长的汤匙和叉子并排摆在我眼前的白色餐巾纸上，光是这样就已经让我很兴奋了。

没想到，可能是因为周日店里人潮汹涌，我们点的东西等了好久都没来。父亲的脾气逐渐烦躁起来。最先感到不安的是点了焦糖布丁的姐姐。我记得当时她上小学五年级，只见她拼命地跟父亲讲学校发生的趣事，好转移他的注意力。大概过了四十分钟吧，原本双手交叉在胸前听着姐姐讲话的父亲，突然拿了餐券站起来，向店门口快步走去。已经对同样的事情习以为常的大哥认命地跟上父亲，姐姐则拉着母亲的袖口，像是在说*再等一下吧，你们先走也可以*似的抵抗着。但母亲无力地笑笑说："下次再带你们来吃吧。"然后拉起姐姐的手也向外走去。在那期间我一直盯着厨房的门口，父亲则是在柜台吵着*还我钱来*。桌上的纸巾、汤匙和叉子原封不动地摆在那儿。"现在还来得及,请马上出来。"

我在心中努力地向神明祈祷着。结果并没有任何人从厨房走出来。那一天，是我最接近巧克力圣代的一天。之后虽然又去了百货公司的餐厅几次，但父亲再也没有说过**喜欢什么就点什么吧**。在那段日子里，父亲对我们家来说，代表的是所谓的"绝对"。

听到"噗咕噗咕"的声音，我回过神来。淳史正用吸管对着可乐的底部吹气。也许是没有他想象中那么好喝吧。如果由香里看到这一幕，一定会骂："不可以这样，没教养。"他明明知道却还这样做，难道是在试探我？希望我生气地骂他吗？就像一个父亲应该有的样子……可是我还没有做好表现得像一个父亲的心理准备。

"学校怎样？"

犹豫过后，我问了一个无关痛痒的问题。

"一般。"

他的回答正如预期。虽然这又是由香里最不喜欢的事情之一。

"一般啊……"

"嗯。"

淳史满不在乎地点点头，视线仍旧停在杯子里。

"那个……关于兔子的事情，昨天我听你妈妈说了。"

"……"

淳史用吸管玩弄着杯子里的冰块，看不出他到底有没有在听我说话。据由香里说，淳史班上饲养的小白兔病死了，放学后他们举行了葬礼。当大家边哭边和它道别的时候，只有淳史小声窃笑着。这种事情在现今的学校会被立即报告给家长。

"为什么它死掉了你却要笑？"

"因为很好笑啊。"

"为什么？"

"因为怜奈说要大家写信给小白兔。"

"有什么关系？那就写呗。"我刻意开朗地说。

"写了要给谁看？"

他反问我后，终于抬起头看我。我光是要接受那个视线就快招架不住了。不，准确地说我并没有接受，只是无法撇开视线而已。我知道它一定会在天堂读的这类骗小孩的话不会管用。我在他的眼神中感受到比大人还要看透现实的人生观。是的，眼前这位少年，在这个年纪就经历了丧父之痛。哀伤的深度和年龄是无关的。他所失去的不是我能轻易理解的。所以当时的我尽量不去触碰到这个话题。如果换作是现在，我想我应该可以更直接地和他一同面对失去父亲这件事吧。

先撇开视线的人是淳史。我虽然松了一口气，但仍求救似的看向洗手间。由香里还没出来。我背上的汗已经干掉，甚至有些凉意。然后我们聊了篮球之类的话题，总算安然度过了由香里回来前的这段时间。

在海边的小站牌下车后，还要爬十五分钟的上坡路才会到家。背对着海走在上坡路上，眼前出现了一片杂树林。树林里有一段陡峭的石阶路笔直地通向上方。现在简直无法相信小时候我可以扛着脚踏车上下这段石阶。"好！"我重新提起西瓜，给自己打气。现在应该刚过上午十一点吧，感觉到夏天即将结束的蝉死命地叫着。我在这绿色隧道的包围下走着，仿佛有种走上通往天堂的楼梯的错觉。我走在他们俩稍微前面一点，打电话给我大学学弟。在美术大学同社团的户波，现在就职于和美术完全不相干的大出版社。前天晚上，我拿着简历去拜访他，并且请他介绍书籍编辑部的上司给我认识。也就是为了再就业去面试。说实在的，我想都没想到过了四十岁，还会有写简历这一天。

"不要直呼他小良好不好？"透过如大雨般的蝉鸣声，我隐约听到由香里这么对淳史说。

"就算只有今天也好……算是帮一个忙……"

"可是小良就是小良啊。"

"哎，你明明知道我是什么意思还……"

由香里深深叹了一口气。

拨通音效响了十声后转到了语音信箱。我停住脚步，等待他们跟上。

"户波那小子不接。"

"出版社周六放假吧。周一再打就好了啊。"

我含糊地回应她后，将手机收进口袋中。

"我找工作的事，到了家里，记得保密……"

以防万一我提醒道。

"好……"

她的尾音上扬，似乎有些不情愿。

"拜托啦，过了今天之后，暂时也不会再见到他们了。"

"父子间有什么好顾面子的？"

"就因为是父子啊，打死我也不想跟那个人说我失业了。"

"真是的……每次说到爸爸你就那么意气用事。"

我很感谢由香里不催我去找工作。但因为她取得了馆员资格，目前在美术馆领的薪水远高过我以前在油画修复工坊领的钱，所以有时候我会感到不安，似乎她不需要依赖我的收入，甚至是我的存在。算了，那只是不足挂齿的旧时代的男性尊严。但话说回来，一把年纪的男人还得吃软饭，无疑是父亲最瞧不起的一件事。

　　每次见面父亲总会问："工作如何？能糊口吗？"这句话仿佛是在指责我的人生似的折磨着我。而且每次见面，我的工作都不一样。美术大学毕业后，我有一阵子在补习班和美术馆打工。虽然也想过要画画，但我自己最清楚，我既没有靠绘画维生的才华，也没有这个觉悟。过了三十岁我才开始去上修复油画的学校，学费是瞒着父亲偷偷跟母亲要的。当时我跟他们几乎可以说是失联了，所以我有求于她，她反而很开心。毕业后学校的教授让我在他的工作室工作。我想不是因为我技术好，而是因为他同情我，认定我是最有可能因为找不到工作而苦恼的学生吧。我和由香里就是在那里认识的。但靠那边给的薪水只能勉强养得活自己，所以我就趁着结婚辞掉了工作。只是，一个没有任何证照，也没有任何资历的四十岁男人要找工作，远比想象中困难得多。

　　父亲视工作为人生的一切。他甚至觉得不这么想的男人是没有价值的。对他这种人说人生不是只有在事业上追逐成功而已，只会让他觉得是输不起的丧家犬在嘴硬乱吠罢了。反正怎么跟他说他也不会懂，今天一整天我打算就装作我还在油画修复工作室工作。过年之前我应该会找到下份工作吧……不，应该说如果没找到我就真的完了。

爬完坡后，眼前是一片葱郁的青山。那是我从小就看惯了的风景。感觉离太阳近了一些，本来干掉的汗水，不知不觉又浸湿了背。

"一百四十八。"

爬完最后一层石阶后，淳史说。他是一路数着阶梯爬上来的。

真搞不懂他究竟是大人还是小孩。

我一边对着他微笑，心里一边这么想。

老家门前停着姐姐他们家的白车。我虽然完全不懂车，但看得出来那是方便全家人出去露营的那种大车。我记得电视广告上确实是这么说的。每次看到那则广告我都会纳闷，哪里会有这种和小孩相处得像朋友般融洽的爸爸？但我姐夫就正好是这种人。

我姐夫信夫在汽车经销商的营业部工作，个性随和，就算对方不是顾客，他脸上的笑容也从来不停歇。简直是理想中的居家好男人，和我父亲是完全相反的类型。我在见到他的那一瞬间，就了解了我姐姐结婚后想要建立的是怎样的家庭。昨晚姐姐自己一个人先回来帮母亲准备料理，所以姐夫应该是今天一早带着两个小孩出门的。想到今天一整天都要在他那没有任何阴影的爽朗笑声中度过，我就提不起劲来。因为我的家庭相较之下显得更加阴沉，我更不想为了配合他们勉强自己装得阳光灿烂，现在才要我去演这种戏已经太迟了。

被车挡住一半的"横山医院"的白色招牌映入我的眼帘。父亲停止看诊已经三年了，但还是挂着招牌，想必是认为只要维持旧貌，邻居就会继续称呼他"老师"吧。我猜他是这么想的，十分像他的作风。我撇开视线，按了玄关上的门铃。

确认屋里的电铃响了之后，我开了门。母亲和姐姐千波从走廊的尽头小步跑过来。

"你好。"

我充满精神地说。

"什么你好？是'我回来了'才对吧？这是你自己的家啊。"

母亲摆了摆手，像是在说"这孩子真是的"。

"打扰了。"

由香里从我背后发出比平常略为高亢的声音。她因为紧张所以不自觉地拉高了音调。平时她是个女强人，从来不曾在人前紧张过。小我三岁但更有胆量的她，看来今天也免不了会紧张。

"欢迎欢迎，很热吧外面……"

母亲很迅速地跪坐在地板上，双手摆在膝盖前面规规矩矩地行了礼。

"您好。"

淳史发出小孩应有的声音鞠了一躬。

"哎呀，真是懂事的小孩。"

母亲夸张地赞叹后，开始摆给我们三个穿的拖鞋。

"啊，这是上次忘掉的。"

由香里递了一顶帽子给千波。暑假的时候她们一起坐信夫的车去台场玩，结果我外甥阿睦把帽子忘在了餐厅。

"真不好意思。那个笨蛋只要出门就一定会丢三落四，真是的。"

姐姐用指尖旋转着帽子笑着说。

在我不知不觉间，她们俩的感情好像变好了。

"车站前变化太大，害我迷路搞得一身汗。"我说。

"太久没回来变成浦岛太郎[1]了吧。"

母亲把对我不常回家的责难不着痕迹地放在字里行间，我则装作听不懂，继续我的话题。

"那间狭长的书店也不见了。"

"老板搞坏这里住院了，又没人可以顾店。"

母亲把手放在胸口皱着眉头说。站前弹珠游戏厅旁的老书店，曾经是我放学后常去翻阅漫画、杂志的地方。那家店有着我

1　日本童话故事。浦岛太郎救了一只海龟，海龟为了报恩带他到海龙宫游玩。他在海龙宫住了三年后回到陆上，陆上却已经过了三百年。日本人常用浦岛太郎比喻久未归乡的游子或人事全非的状况。

苦涩的回忆：有一次我在翻阅架上一本叫《GOR》的杂志的裸照内页时，刚好被班上的女生逮个正着。老板总是坐在柜台前，表情严肃地一边看着围棋书一边抽烟。

"这个，先放在浴室里镇凉吧。"

我穿上拖鞋，提起带来的西瓜，然后看向后面说："还有就是……"

"这是您喜欢吃的泡芙。"

由香里像是练习过似的，以完美的时机接上我的话，递上蛋糕盒给母亲。

"真是贴心。那我先供在佛龛拜一下……"

母亲膜拜似的收下蛋糕盒，站起身来边推着淳史的背边往走廊里去。我瞄了一眼玄关旁的候诊室，想必在诊室门另一头的父亲，正竖起耳朵偷听我们刚才的对话。可是他从来不会在这种时候一边开门出来一边寒暄说"外头很热吧"，我也从来不会打开诊室门跟他若无其事地说"好久不见"之类的话。

"好漂亮啊，妈妈，这是叫什么流派来着？"

由香里看着摆设在玄关旁的插花大声地说。

"哪有什么流派，自成一派啦……"母亲害羞地说。看来被夸奖是暗爽在心里。

昨晚，由香里问我我母亲插花的流派，我说："你是指里派或表派？"结果反而被她嘲笑道："那是茶道吧？你们男生真是的。我是在问，她是属于小原派还是池坊派之类的。"

由香里是想要一进家门就在媳妇的表现上加分吧。不过最后还是不知道什么流派就来到这里了。但以结果来说，应该算是幸运的高飞球落地安打吧。

"妈妈你真是的，我进公司学了之后才知道原来你教的完全不对。"姐姐说。

"管他什么流派，好看就好了嘛……"

母女之间的对话声还回荡在候诊室，她们却已走进了起居室。

我记得从我小时候起，家里就一直摆着花。有的放在玄关或厨房的桌上做装饰，有的是供在佛龛前的季节性花卉。我母亲虽然对吃的和穿的是能省则省，但对于花却特别不一样。想起母亲插花时的表情，似乎散发着少见的祥和气息。

　　这是很久以后的事了：当我收到母亲病倒的通知，慌忙赶回老家时，玄关也已经摆好了过年的应景花卉。因为很久没在老家过年了，原本计划三十一号带着家人回来一起在老家过年的。我记得那时摆的是菊花、水仙和康乃馨，还用了类似南天竺的红色果实点缀。后来问了姐姐才知道，原来那叫朱砂根。虽然用的种类很少，但简单利落，确实散发着过年的气息。冰箱里已准备好我最爱的火腿、锦蛋[1]，小小的镜饼[2]也已经摆在电视上头了。看得出来她是满心期待地等着我们回来。

　　逢九的日子不吉利。

　　母亲总这么说，然后把所有过年的准备在二十八号以前就办妥，那年想必也是如此吧。结果我们的新年，是在母亲住的医

1　日本的过年菜。将蛋黄和蛋白分别调味后，蒸成黄白两色的蛋料理。
2　日式年糕饼。扁平状，因状似古代镜子而得名。过年时日本家庭会叠放二或三层镜饼供奉祖先。

院和空空的老家之间往返奔波度过的。就算过了初三,过了初七,玄关的花已经枯萎了,我们还是舍不得丢掉。也许是因为我们心里已隐约感觉到,那将是母亲最后插的花吧。

会对她这样的准备心存感激,是在很久以后了。曾经,母亲的一举一动,都只让我觉得她好施小惠而令我心烦。

母亲将泡芙供奉在起居室的佛龛前,点了蜡烛。我就着蜡烛的火点了香,敲了铃 [1],闭上眼。由香里和淳史也坐在我旁边,双手合十。佛龛供的是白色和浅紫色的小菊花,在花的旁边,照片中的大哥露着自在的笑容。看他穿着白袍站在医院的中庭,应该是结束实习后,开始在医院任职时拍的。可能是他即将结婚的那段日子吧。

在余音缭绕的铃声之中,突然传来小孩的笑声。庭院的底端和隔壁公寓的停车场紧邻,刚好成为一个不错的游憩场,千波

1　日本人在家中对着佛龛祭拜时,会先敲一声铃,算是跟过世的家人打招呼。

和阿睦应该是在那里玩丢接球了。现在他们一边传着球，一边跑回来。

"嘿，好久不见。"

从两人后面追上来的信夫看到我，跟我打了招呼。

"你好！"

在我回话以前，长女纱月用不输她父亲的音量和我打招呼。

"你好。"

由香里笑着回应她。

大概是去了日晒沙龙或是哪里，信夫的肌肤晒得黑黑的。

"晒得不错嘛，是去夏威夷了吗？"

"没有没有。"

信夫夸张地挥了挥手。

"没时间出去玩，只好在附近的公园。"

"只穿着一条海滩裤在公园里走来走去，你们说讨不讨厌？"

被姐姐这么一说，信夫反而开心地搔了搔头。在信夫旁边的纱月也笑着。她笑起来和我姐姐小时候实在太像了，不禁让我小小地错愕了一下。

"咦？纱月是不是又长高了？"

"这个暑假长了一点五公分。"

纱月边踮脚边比出 V 字手势。

"感觉快要比我高了呢。"由香里在佛龛前说。

"她吃得多啊。"

姐姐也无奈地笑着。

"阿睦还在练剑道吗？"

我用右手模仿出挥刀的动作。我记得今年过年时，听说他朋友约他一起到附近的体育馆学剑道。

阿睦低头不语。

信夫摆出惊讶的样子，嘲弄他似的弯腰窥视他的表情。

"他不学了，明明连护具都买了。"

阿睦似乎是做什么事都缺乏恒心，姐姐的话语中隐含着责怪的意味。

"太热了啊，又那么臭……"

不知道是借口还是抱怨，这句话逗得大伙儿哄堂大笑。

"啊，爷爷出来了。"

这时，坐在檐廊的信夫突然大声说，并站起身来。

被信夫这么一说，起居室的每一个人同时转头看向厨房，看见父亲站在那里。

"疏于问候，失礼了。"

由香里急忙将坐在底下的坐垫移到一旁，双手放在膝前，低下头打招呼。

"哦……你们到了啊。"

父亲像是现在才发现似的，举起手打了招呼。

"好啊……"我也在形式上打了个招呼。其实他应该是听到笑声才跑出来看的，但不好意思承认，于是演了一出刚好经过起居室要到和室[1]拿东西，却被我们叫住的无聊戏码。

果然如我所料，他不但没进和室，也没走进起居室，而是

---

1 即日式房间。日本住宅通常同时具备日式和西式两种房间，有榻榻米的日式房间常用作客厅。

又走回了刚刚从那里出来的诊室的方向。

"明明早就知道了……"

姐姐似乎也跟我想的一样，故意用我听得到的声音喃喃自语。

"不好意思，他比较难相处……"

母亲一边对由香里低头，一边帮她倒麦茶。

"哪里的话，家父也是这样的个性。"

由香里如此回答，喝了一口麦茶。

"纯平第一次带新娘子回家时，他也躲到诊室里了呢……"

母亲的表情同时掺杂了对父亲的责怪和对大哥的爱怜，然后拿起佛龛上的照片瞧着。我像是要逃离那样的母亲似的，起身出去抽烟。

我提着西瓜打开洗手间的门时，第一个映入眼帘的是摆在洗衣机上的一排牙刷。一支是蓝色，一支是粉红色，还有一支略短的儿童用青蛙造型的绿色牙刷摆在中间。应该是昨天我打完电话之后，母亲匆匆忙忙跑去买的吧。

我抱着西瓜，打开玻璃门走入浴室。

浴室已经颇为老旧了，阴暗得让人在白天都想开灯。在我没回家的这段时间里，浴缸已经有些黝黑变色，墙壁和地板的瓷砖裂的裂，剥落的剥落，碎片就堆在排水孔旁边。

清扫浴室是很累人的，特别是到了冬天，非常伤腰。

母亲把父亲从来不帮忙做家事当成家里凌乱的借口。可是现在的问题应该不只如此。房子建造至今已经过了三十年，本身都已经不再稳固了。

我感觉像是看了不该看的东西，匆匆将西瓜放进洗脸槽，用力扭开水龙头。

小时候住的家没有自来水，在厨房后门附近有一口共享的井。以昭和四十年[1]的东京来说，那算是很少见的景象。到我上

---

1 1965年。

小学之前洗澡都是烧木材，甚至在有了燃气之后，也要用铁桶去取井水倒进浴缸中，可说是一份辛苦的工作。到我哥上小学前，据说都是我妈一个人在做这件工作。要冰西瓜时就拿个脸盆到井边，装满水冰西瓜。到了夏天，附近两三家邻居的西瓜一起放在脸盆中镇凉的景象，光是看就能感到清凉畅快。最近吃西瓜常常都是买已经切好的，体积较小也放得进冰箱。要不是像今天这种机会，很难享受到一大帮人吃整个西瓜的奢侈乐趣。

我把水放得溢出来了一些——不过那程度还称不上浪费——随后站起身来。就在那时，我瞥见了不曾见过的银色物体，那是装在洗脸镜旁的扶手。可能是装上去没多久，只有那扶手和四下老旧的颜色格格不入，显得闪闪发亮。看到那光辉时，我心中突然一阵躁动。

以前除夕大扫除的时候，大哥负责浴室，而我负责玄关。我会先把家里所有的鞋子摆在玄关前，然后一只一只细心地擦拭。至于姐姐，则是四处巡视，到处挑毛病，然后趁人不注意时溜去厨房和母亲瞎扯。不知道为什么，这一刻我忽然回想起那样的除夕。

我用右手握了一下扶手。

金属光滑而又冰冷的触感传进了我的手心。

时针走过了十二点。我们三个人围在厨房的桌子旁，帮母亲做炸天妇罗的准备工作。我们帮忙用牙签在青椒上穿洞，还有剥下玉米粒好做成天妇罗。淳史手忙脚乱地剥玉米粒，满手都是玉米汁。

"你看，靠大拇指的根部发力，就可以很轻松地剥下来了。"

我给他示范起如何将一粒粒玉米粒从玉米芯上剥下。

"好熟练啊！"由香里佩服地大声说。

"只有这个……一直都是我的工作。"

我有点得意地说。

从小到大，在我们家说到天妇罗，就一定要有炸玉米。"比烤的或煮的更有甜味。"母亲老是这么说。

在流理台旁边，玩累的信夫父子开着冰箱门喝着麦茶。看到阿睦学他爸手叉着腰喝麦茶的模样，不禁令人莞尔。

"还是外婆家的麦茶最好喝！"

信夫露出不输电视上广告明星的清爽笑容。晒过太阳的皮肤让他的牙齿显得更加洁白。

"那就是超市卖的茶包泡的啊。原来家里倒是会自己泡……"

"是吗？那就是用的水很好咯。"

信夫盯着手中的杯子看。

"只是普通的自来水啦。"

两人的对话一直没有交集。

"真是无所谓啊，你那张嘴……"

在流理台和母亲并肩清理虾的姐姐转头说。她常说信夫从小吃垃圾食品长大，不懂味道，所以不管做什么料理对他来说都一样。她把这当作做菜时偷工减料的借口。像这种地方真是母女一个样。

"算啦，他说好喝不就好了。"

母亲背对着他笑着。

"就是说嘛。"

如此搭话的信夫又倒了第二杯麦茶。

"你们昨晚吃了什么？"

姐姐这么一问，她的孩子们就异口同声地大声说道：
"寿司！"

"喂！"信夫瞪了他们两个一眼。看来这是他们之间的秘密。

"等一下……我不是说过今天要吃寿司吗？"

姐姐不悦地瞪他。

"昨天吃的是会转的那种……回转寿司啦，对不对，嗯？"

信夫拼命地找借口。看来他们家的钱包完全掌握在姐姐手里。

"我怕不够吃还叫了寿司呢，既然你们昨天已经吃过了，
那……"

母亲看着餐桌上的炖猪肉、糖炒白萝卜和红萝卜丝，以及
马铃薯沙拉说。

"没关系，我还没吃到呢。"

姐姐意气用事地反驳。她从小就爱吃寿司。

"若是寿司，我天天都愿意吃。"信夫说。

"天天都愿意吃。"阿睦模仿信夫，更大声地说。

"那家松寿司啊，到了儿子这一代用料就变差了。"

母亲皱着眉说。

"可是啊，那里的海胆寿司，外面不是用海苔，而是用切成薄片的黄瓜卷的。我可喜欢吃那个了。"

"我就叫了个'上'[1]……不知道有没有海胆。我打去问一下好了。"

母亲一边用围裙擦手，一边走向玄关的电话。

"不用麻烦啦。"

喝完麦茶的纱月和阿睦争先恐后地窥视冰箱，开始物色起冰淇淋来。一桶 Lady Borden 牌[2]的冰淇淋进入了他们的视线。

"快吃饭了，只能吃一杯哟。"

姐姐简短有力地吩咐道。

---

1 日本的外卖寿司套餐一般以"最特上""特上""上"来区分等级，"上"是较便宜的。

2 美国博登（Borden）公司与日本明治乳业共同创立的冰淇淋品牌。在八十年代以前的日本，可以说是高级冰淇淋的代名词。

"没关系啦，本来就是给他们买的。"

母亲对这两个外孙永远是这副德行。

"真好，在外婆家都不用被骂呢。"

"我最喜欢外婆家了！"

阿睦又大声说道。虽然跟淳史只差一岁，但在他身上还留有小孩子的天真无邪。

"哎呀，真可惜，如果你刚刚少说一个'家'字，我就会多请你吃一杯冰淇淋了。"

母亲开心地边说边笑。

"弄好了。怎么样？"

我把剥下来的满满一篮玉米粒给母亲和姐姐看。

"好漂亮啊……"

看着那金黄色的光芒，由香里忍不住说。

"对吧？"

我感觉像是自己被夸奖似的得意起来。我上下摇动筛子，玉米粒发出干瘪的"沙沙"声。

"好怀念啊。"

听到那声音姐姐说道。母亲也站在姐姐旁边，微笑着倾听起那声音。

"嘭！嘭！"油锅中的玉米粒发出巨大的声音。

"噢。"

"烫！"

母亲也跟着发出热闹的声音。

"很少见吧？"

在远处看着的姐姐问旁边的由香里。

"每个人家里都会做吧。"

母亲抢在由香里回答前，开心地插嘴道。

"才不会吧。"姐姐说。

"我也只看过烤或者煮玉米……"

由香里歪着头说。的确，我从来不记得在别人家里吃过玉米天妇罗。

"这是谁教您的呢？是奶奶吗？"

"是谁来着……"

"是自己发明的吗？"

"一定是啦，跟她插花一样。"

对于由香里的疑问，姐姐耸耸肩代答。母亲一边避开溅出的油，一边用料理筷将天妇罗一片片夹出油锅放到盘子里。

"快要出来啦，他虽然眼睛不好，但鼻子很灵的。"

就在姐姐这么跟由香里咬耳朵时，父亲正好走进厨房。两人相视而笑。父亲走到我和淳史坐的桌子附近，然后顺手捏起刚炸好的玉米天妇罗，站着吃起来了。

"总是等不及到晚餐，一听到这声音就从二楼溜下来，炸好一个就吃一个……"

母亲面对着锅喃喃自语。由香里看了我一眼，意思是问我她在说的是谁。

"那是我哥最爱吃的东西。"

"哦哦……"由香里点点头。

"淳史君喜欢吃玉米吧？"母亲问。

"一般……喜欢。"

面对母亲温柔的问话，想来淳史也不敢怠慢，于是在犹豫过后多加了"喜欢"两个字。

"姑姑其实也是一般喜欢而已。"

"不能告诉奶奶哟。"姐姐小声对淳史说。

"我们淳史可爱吃了，对吧？"

由香里满脸笑意地看着淳史，但她的眼神比生气时还要锐利。

原本在玩钢琴的信夫他们闻到香味，不再玩钢琴，匆匆从洋室[1]里跑出来。

"赶紧趁热吃吧，刚炸出锅的最好吃了。"

母亲用筷子指了指盘子。

"开动了！"他们异口同声地说完，便抢着将手伸向天妇罗。

---

1 从明治时代开始，日本人常在传统的日式房子中，盖一间或几间西洋式的房间，摆些钢琴、留声机、撞球台和洋酒柜等西式的东西，称之为洋室。

"滴点酱油吧？"

母亲微笑着说。

塞得满嘴都是天妇罗的信夫又夸张地大叫"好甜"。

"在搬来这里以前，板桥家旁边就是玉米田。"

母亲一边放入新的玉米一边说。

"有一次半夜偷偷溜进去……"

"偷摘吗？"由香里惊讶地转头看母亲。

"爸爸去偷的。"

母亲用筷子戳锅里的天妇罗，想着就笑了起来。

"都三十年前的事了，早过了法律追诉期了。"

父亲很难得地加入我们的话题。他偷笑着坐到淳史旁边，将手又伸向天妇罗。

"偷来的隔天就做成天妇罗了。结果正在炸的时候，突然听到有人喊'打扰了'。"

母亲这时转过头来，看着厨房里的每一张脸，为她的故事卖了个关子。

"结果是那个玉米田的地主，他抱着一大堆玉米说'今年收成很好，分你们一些'。那时刚好就像现在这样，传来'嘭嘭'的声音。"

"哎呀呀……"

由香里惊讶地看着母亲，催她赶快说下去。

"她每次炸天妇罗都会讲这故事。"

姐姐开玩笑地说。

"那时还真的被吓到了。"

父亲高兴地笑着。

好久没听到父亲的笑声了。

"那个时候纯平就跳出来说：'妈，早知道这样我们就不用去市场买玉米了。'"

母亲模仿大哥的语气说。

"他在那种时候脑筋动得特别快。"

父亲也怀念地说，眼中散发出某种温柔的神情。

然后母亲和姐姐就接着说：

"还有那一次也是这样……"

于是关于大哥如何聪明、如何惹人爱、如何机灵的话题便持续了好一阵子。

板桥那个家的南侧有一间六片榻榻米 [1] 大的房间。房间窗外是晒衣服的地方，再过去就是一大片的田地。那片田地到了夏天就会种满绿油油的玉米，长到透过窗户看都看不到天空那么高。

"这样衣服很难干的。"

母亲常看着天空如此抱怨着，但我们却常在那一片玉米田里玩捉迷藏。不知为何，我总爱看台风过后被吹得东倒西歪的玉米田。当时是经济高速增长时期，街上的空地或稻田总是会突然消失。于是乎，我们的游乐场在瞬间变成了放建材的工地。而那片玉米田也在不知不觉中变成了废车场。

"简直把这里当垃圾场了，真是的。"

1　日本人习惯以能铺下的榻榻米的数量来表示房间大小，一张榻榻米约 1.6562m^2（910mm×1820mm）。

母亲晒着衣服，仍旧抱怨着。

实际上，我透过窗子看玉米田的日子大概只有两年多。可是直到现在，一想到那个旧家，第一个浮现在脑海的就是从窗户看到的玉米田。

玉米田的地主抱着一堆玉米分给我们的故事是真的，但其实急中生智说出"早知道就不用去市场买"的是我，而不是大哥。的确，那句话像是我哥而不是我会说的，但也就因为这样，我记得很清楚那句话是我说出来的。这是件微不足道的小事，而且我也可以理解母亲为什么要把它记成是我哥说的。所以，每当这种时候我就会默默地装作没听到他们在说什么。

在姐姐的吩咐下，我走上二楼到自己的房间去搬茶几。爬上洋室入口旁边又窄又陡的楼梯后，右边是大哥的房间，而左边是我的。当初我那间房间本来是姐姐想要的，但依照父亲的意思，还是优先给了两个男孩子。姐姐只好在母亲的劝说下，住进玄关旁那间六片榻榻米大、采光较差的房间。对这件事，姐姐似乎到现在都还没释怀。

我打开门，门板撞到了放在门后的吸尘器。我用蛮力推开门，发现堆在房间里的杂物已经多到没地方可以下脚了。除了新买的吸尘器、健身球以及哑铃等家庭健身器材，还有《昭和流行乐大全》及《昭和的纪录》等录像带和DVD，大概是被邮购或登门推销骗去买的吧。那些杂物就这么沿着墙壁摆放，当然其中没有任何一样是我的东西。最夸张的是，房间正中央还有一台骑马机，连防尘套都没拿掉。为何过世的大哥的房间可以保持原状，而活着的我的房间反而变成了置物间？我有股冲动，想要把心里的不平衡说出来。

大哥的房间在这十五年间，可以说是完全没有变化，因为母亲不允许。最近，除了母亲以外没有任何人会进他的房间。母亲到现在都还会在打扫他的房间之余，从抽屉里拿出相册，沉浸在回忆中。

"在楼梯底下都听得到她的叹气声。"

姐姐曾偷偷告诉过我。

我靠坐在骑马机上,盯着墙上大洋鲸队的海报回想起这些事。刚好这时姐姐走上来了。我故意用无奈的表情回头看她,然后环视房间。姐姐站在门口耸耸肩,一副我也帮不上忙啊的样子。

"是不是有点老年痴呆了? 这应该完全用不到吧……"

我拍一拍屁股下的骑马机,起身。

"太寂寞了吧……"

"寂寞什么? "

"还会有什么……"

姐姐用你明知故问的表情看着我,然后走入房间。我想她的言外之意是在责怪我这个长期不回家的不孝子吧。我们一同抬起骑马机和书桌之间的茶几,将它搬出去。比想象中还要重很多。

"他们俩有提到什么吗? "

我将一直挂在心上的疑问提了出来。

"嗯? 什么? "

"新娘子啊。"

"没什么。"

姐姐带着笑意看着我。

"会不会有些介怀啊？对于再婚之类的……"

"不太可能吧？已经很不错啦，你还配不上人家呢。"

她把之前对我说过的话一字不差地又说了一次。

姐姐和我不一样，她的个性开朗，从小就有很多朋友。念大学的时候她尽情地玩乐，进入社会也是工作了三四年就退休当快乐的家庭主妇去了。她小时候虽然学过钢琴、插花等才艺，但没有一项有恒心继续学下去。这种无法持久的个性想必是遗传到她儿子身上去了吧。

"希望至少她的婚姻可以持久。"

母亲曾如此担心，但至少到目前为止她的担心只是杞人忧天罢了。姐姐的脸蛋像父亲，鼻子挺挺的，长得很清秀。从她当学生的时候就很有异性缘，结婚对象也是随她挑，不愁没人要。

"其实应该还有其他选择的……"

母亲和我独处时曾如此纳闷地说。想必我不在的时候她也会跟姐姐说一样的话吧。当我们一家五口还生活在同一个屋檐下时，我们曾经讨论过三个兄弟姐妹中谁最有异性缘。不管是情人节收到的巧克力还是情书，都是大哥拔得头筹。那时母亲曾难得地站在我这边过。

"良多在初中毕业典礼时，制服上的扣子也是一个都不剩地被拔走啊。"

"他是被人欺负了吧？"

姐姐开玩笑地说。

"才不是呢，是被人家拔去当纪念的。有很多女孩子排队抢着要呢，不是吗？"

母亲等待着我的附和。

我模棱两可地笑了笑，站起来离开了。我不喜欢被拿来跟大哥做比较，不管是以前还是现在。念书和体育都很强的大哥的确很受欢迎，可以说是个没得挑剔的好青年。虽然对我来说，他没得挑剔这点，就是我这弟弟对他唯一的挑剔。我跟他上同一间初中，我的初中生活可以说是在老师口中不断地提到"那个横山的弟弟啊"这句话中度过的。不管音乐、漫画，还是小说，所有有趣的事情也都是大哥教我的。大四岁的大哥在弟弟眼里看来，已经是个大人了。现在想起来，那算是十几岁的我心中最大的心结吧。所以从某个时刻开始，我就下意识地开始选择和大哥不一样的路。我哥在成绩单上唯一没有拿到满分的是美工课，而我整个小学、初中时期唯一优秀的也只有美工课。

"画画得好对将来有什么帮助吗？"

大哥看着成绩单不太甘心地说。

我没跟任何人商量就报考了东京的美术大学，然后离开了家。那时我十八岁。

歩いても　歩いても

松寿司的小松正坐在玄关口聊天。白色的工作服上绣着竹子的图案。明明是松寿司，干吗绣竹子呢？我差点笑出来。虽然他头发现在剃得短短的，像个职人 [1] 样，看起来老了不少，但实际上只比我大一岁而已。

"不行不行，他已经老年痴呆了，根本记不住客人点了什么。上次还重复捏了好几个金枪鱼腹寿司给同一个客人呢。"

小松继承了他父亲的店后已经独当一面，现在甚至还雇用了一个年轻的学徒。

"那听起来很不错啊，下次大家一起去店里吧。"

姐姐说完转头对着坐在楼梯口的找窃笑。

---

1 传统上，日本称某些做手艺活的师父为职人，他们通常是师徒制的。而职人的标准发型就是平头，那代表着对自己工作的专心不二。

"请高抬贵手啊，这样我们店会被吃垮的。真是的，千波姐的玩笑还真是不留情……"

在当地的学校，小松是小姐姐一届的学弟。这种辈分关系是不会随着岁月而磨灭的。

外头的温度已经接近盛夏了吧。小松畅饮着我们端给他的麦茶，杯中的冰块发出清脆的声响。

他那国字脸的父亲是个脾气温和、手艺精湛的职人，在商店街有着不可小觑的地位。记得每当庆典的时候，他就会穿着法被[1]坐在商店街自治会帐篷的最里面，大家都会去跟他致意。我母亲坚持认为，到了眼前这位第二代，寿司的味道就变差了。

"问题出在媳妇啦，他们家……"

虽在背地里这样说长道短的，但她也绝对不会说要换一家寿司店订外卖。总之先嫌他个两句，是我母亲长年以来根深蒂固的作风。

---

1 日本传统服饰，通常像外套般披在衣服外，长度及膝或及腰，袖子非常宽，胸口敞开，或用两根绳子绑起来，构造类似道教的法衣。

"令尊今年多大了？"

"呃……"小松稍想了一下，说道，"七十二吧。"

"哟，那不正好跟我们家老爷子一样？"

姐姐惊讶地指了指诊室。

"是吗？老师他看起来还很年轻啊，真是老当益壮。"

"那个叫老当益壮吗？"

姐姐无奈地摇摇头。

"老师算是退休隐居了吧，真是令人羡慕啊。"

"他本人是想要继续看诊啦，不过眼睛不行了。好像是叫什么……白内障吧？"

记得三年前我也在电话中听母亲说过一样的话。

"不是啦，是青光眼。"

姐姐指着自己的眼睛说。反正我分辨不出其中的差别，也没太大的兴趣知道。

"不过这附近也盖大医院了，算是急流勇退吧。"

"没伤到他的自尊就好。"

我用下巴指了一下诊室说。

"寿司来啦。"

从厨房传来了母亲的声音。

"好——"

在庭院里的阿睦和纱月回答。然后母亲手拿着钞票，走出来坐在姐姐旁边，将钱递给小松。

"给，两万日元。"

小松站起来往自己的腰包里探。

"那么找您三千……两百'万'[1]日元。"

"不能算便宜一点吗？叫了那么多呢。"

"饶了我吧，海胆已经是瞒着我老婆偷偷优惠的了。"

原来姐姐虽然说过"不用麻烦了"，但还是让母亲打电话去让他们给"上"里额外附上了原本没有的海胆。

纱月和阿睦争先恐后地跑来，抱起放在玄关地板的寿司盒。

---

1 日本某些店铺在找零时习惯加一个"万"字以示尊敬和幽默。

"你叫纱月对不对？长那么大了啊。"

小松看着她的脸说。

"我暑假长高了一点五公分。"

纱月露出白色的牙齿。抱着寿司桶的阿睦也回头。

"我不练剑道了。"

他无奈地说完后跑向了起居室。

"又没人问你！"

姐姐对着离去的背影说道。大家都被这句话逗笑了。

"那么……"

小松边笑边站起来，喝掉杯里剩下的麦茶。

"对了，差点忘了。"

小松从屁股口袋拿出一包对折的奠仪袋，扯平袋上的折痕交给母亲。

"这个……说是叫我一定要拿给您的……"

小松用跟刚才截然不同的礼貌语气说。

"哎哟，不用那么客气的，"母亲诚惶诚恐地说，"我们现在也都不给他念经了。"

"不，是我家那口子啦，她在初中时是纯平的学妹，好像情人节还送过他巧克力……"小松露出既烦恼又不满的怪表情。

"是这样啊？那就感激不尽了……"

母亲深深地鞠了躬，将奠仪袋放在胸前。

"喂，下次带了这种东西来就早说啊，害我们刚刚还叫你算便宜一点，你竟然在那之后才拿出来。"

姐姐打破了肃穆的气氛。

"抱歉抱歉，我也是老糊涂了。"

"拿奠仪来还要挨骂，你还真难做人。"

我在姐姐背后揶揄了小松一下。

就是说嘛。小松也露出这样的表情。

"进来上个香再走吧？"

母亲一边指着起居室一边起身说。

"不了不了，况且我穿这个样子。我得赶回去了，免得老爸又做出什么事。"

小松拉起腰包的拉链，鞠躬说了声"铭谢惠顾"后走了。从我们家玄关到外面的马路上铺有石踏板，木屐踏在那上面的声音渐渐远去，消失在蝉鸣声中。

"完全是个成熟的大人了……"姐姐说，"以前很坏的呢。"

据说小松高中毕业后曾经堕落过一阵子。

"你们家三个小孩都长得很正直。像我们家店名就叫'松'了，所以连儿子都长得歪歪扭扭的吧。"

记得以前他爸爸来送外卖时，也曾坐在这个玄关口，如此抱怨过。

"人生啊，真是难捉摸……"

母亲可能是跟我想起了一样的事情，看着奠仪袋若有所思地说。

"吃饱了。"

把留到最后的厚蛋烧丢进嘴里后，纱月迅速地站了起来。

"不吃寿司了吗？"

姐姐对着她的背影问。纱月嘴里含混地回答了些什么，跑向走廊。盒里还剩下大概三分之一的寿司。浴室里传来了一些声响，然后她抱着西瓜摇摇晃晃地走了进来。

"哟，纱月，小心点儿。"

在厨房泡茶的母亲担心地说。纱月绕过父亲的座位，径直走向檐廊。不知是不是西瓜上的水珠滴到地板上了，父亲的脸沉了一下。他一边喝着由香里为他倒的啤酒，一边无聊地翻阅着信夫拿来的新车目录。

"啊，你耍赖。"

看到纱月的身影，阿睦赶紧放下筷子站了起来。他们两个穿着摆在檐廊上的大人拖鞋下到庭院里。

"不切没关系吗？"

母亲用托盘端着茶杯从厨房走回来时问姐姐。

"他们想用敲的啦。"

姐姐一边无奈地说，一边吃着纱月吃剩的寿司。看来两个

小孩想要玩敲西瓜 [1]。

"淳史君不玩吗？"

母亲看着坐在旁边的淳史的脸说。

"是的，我不想玩。"

淳史拒绝得很干脆。他似乎对这种小孩子的玩意儿完全不感兴趣。

"真的不用吗？"由香里追问。那声音中隐含着强烈的**一起去玩吧**的意味。但淳史还是假装没发觉，只用力点点头答道："嗯。"连头都不抬一下。

纱月和阿睦把西瓜放在草地上后，又爬上檐廊，进到起居室寻找可以用来敲西瓜的道具。庭院大概有十五坪 [2] 大，摆着苏铁和柿子等各式各样的盆栽。盆栽是父亲过了六十岁后，在他的一个患者的劝说下开始种的。在我这种外行人的眼里看不出有任

1　敲西瓜。日本的小孩在夏天常玩的游戏。小孩蒙着眼，手拿棍子，比赛谁先可以把西瓜敲碎。

2　日本传统土地面积单位，1坪约等于 $3.306m^2$。

何一株盆栽是高价的。可是对父亲来说，在诊室之外终于有了属于他自己的空间，那也就够了吧。起居室的檐廊正前方种了一棵百日红，在夏秋交接之际会开红色的花朵。就像现在，粉红色的花朵在九月的阳光照耀下显得格外美丽。父亲好像对这棵树有着特别的情感，可能是因为他种下这棵树的时候，正好也是他在这里开办自己的诊所的时候。开花的季节可能要结束了，在树根附近散落着枯萎凋落的咖啡色花瓣。最近我只有在大哥的忌日才会回来，所以每次都能从起居室里看到即将凋谢的百日红。有时候难得在别的季节回家，若没看到庭院里开花的百日红，甚至会觉得好像不是回到自己家似的。

每年这红色都要更淡上一些……

每到这个季节，母亲总会仰望着花朵说同样的话。姐姐总会挪揄"不可能啦"。就算把以前的照片拿出来看，我也无法确定母亲说的到底正不正确。

"我看你们在浴室加装了扶手。"

我跟母亲说。

"对啊，你爸去年摔了一跤。"

听到母亲皱着眉这么说，父亲的脸沉了一下。

"是呀。"

姐姐附和。

我这才想起她似乎在电话中提到过这么一回事。

"屁股跌出那么大的瘀青。"

母亲用双手的大拇指和食指，比出一个圆形。

"唉呀，真是危险呢。"

由香里忧心地看着父亲说。

父亲自尊心很强，非常不喜欢被人担心或当作老人看。他是那种在电车上被让座，反而还会不高兴的人。

"还不都是你把用过的肥皂放在地上。"

父亲斜眼看着母亲。

"我？才没有呢。"

母亲虽然回答得轻描淡写，但反而有种讽刺意味在里头。

"你看你看，这就是爸最擅长的'推给别人'。"

姐姐揶揄道。

能够这样对父亲讲话的，在这个家里也只有姐姐了。这时，阿睦拿着球棒从檐廊又跳回了庭院中。

"喂喂喂，你用那种东西敲等一下要怎么吃啊？"

"会敲烂的。"

正在喝啤酒的信夫也附和说。

阿睦拿来的木制球棒是我小时候用的那支。眼尖的他应该是在玄关的伞架里发现的。纱月也从厨房拿出郊游用的塑料垫，跟在阿睦后面到庭院里去了。

"浴室的瓷砖坏掉了好多。"

我把话题转回浴室。

"旧了就免不了会剥落啊。"

母亲一边把倒好茶的茶杯递给大家一边说。

"啊，那我等一下去修一修好了。"

信夫嘴里塞满寿司说。

"不用啦，你是客人呢。"

母亲很不好意思地说。

"给他做点什么他会比较自在啦。"

姐姐如是说。

"我跟金枪鱼一样啦，不一直动就会死掉的。"

"为什么工作时就不能这样呢？"

姐姐边叹气边歪着头说。

信夫看起来的确没有升官命。当然，我也没有什么资格说人家。

"上次他也帮忙把那个东西搬上二楼来着。"

母亲摇摆着腰，像在跳舞似的。

"那叫骑马机啦。"姐姐说。

我忍不住转头看向姐姐，又慢慢将视线转到信夫身上。我之前正在纳闷那么重的机器是如何搬到二楼去的，这么一来我终于明白了，原来是这个男人搞的鬼。

"那真的不算什么啦，小事一桩。"

信夫完全没有感受到我的心情，只单纯地因为被夸奖而高兴着。

"爸爸!"

"爸爸快来!"

庭院里的纱月和阿睦大声地喊着。百日红的树根前已经铺好塑料垫,西瓜摆在上面,游戏随时可以开始。他们两个人正抢着蒙眼睛的手帕要敲西瓜。

"来了!来了!"

信夫发出得意扬扬的声音,恋恋不舍地又丢了一个寿司到嘴里,然后说了声"不好意思",把父亲正拿在手中看的汽车目录拿了回来。

父亲很明显地露出生气的表情,但信夫完全没在意,把拿回来的目录递到我眼前。

"良多也有家庭了,要不要考虑买台 RV 车呢?我一定特别优惠。"

信夫说完便跑向孩子那边去了。我无奈地看了一下目录,但我甚至连 RV 车代表什么意思都不知道。

"住在东京又不怎么用得到车。"我把目录放在坐垫旁边说。

"唉,我一直以来的梦想就是坐着儿子开的车去买东西……"

母亲把她那句我听了好几次的怨言又重复了一遍。

"小孩很难照着父母的期待成长的。"

姐姐露出落井下石的笑容。她还不是跟我一样没有照着母亲的期待成长,可她不知何时从孩子的立场变到家长那里去了。这就是她最狡猾的地方。

"真的是呢,很像期待的那样呢……"

连由香里也这么说,然后三个人看着彼此。

"真是的……"

随着母亲叹息般的这句话,她们边笑边点头。

"好啦,让你们坐上还不行吗?不就是车吗,随你们坐。"

我再度捡起目录,粗鲁地翻页。

"你想要坐哪一台?这辆白色的可以吗?"

我边说边指着车的照片给母亲看。

"你还好意思说呢,明明连驾照都没有。"姐姐说道。

父亲沉默着，很不是滋味地喝着啤酒。

"再来一碗吗？"

母亲的手伸向我的空碗。

我摸着肚子简短地说："够了。"

"你那么年轻，还能再吃吧？"

母亲向由香里寻求附和。

"你以为我几岁了啊？"

我喝了一口茶说。

"如果还能再长就麻烦啰。"

姐姐附和道，然后看着由香里。

"你的牙齿还行吗？"

母亲一边用卫生筷剔着牙缝中的玉米，一边问我。

她每次见到我都要担心我的牙齿。有一次过年回家，正当我睡到一半的时候，还因为被母亲撬开嘴巴而吓醒过。当时母亲一边在枕头旁俯视我，一边笑着说："就是想看看你有没有蛀牙而已啦。"她可能是因为很在意自己戴假牙，所以每年的贺年卡上面最后也一定会加一句"记得去看牙医"。

　　记得当母亲住院时，我去探望她，她反而还担心起我的牙齿。蛛网膜下出血的母亲在手术成功后，开始慢慢出现痴呆症状。明明那时父亲已经过世，她有时还会问起："你爸今天怎么没来？"有时她会把医院跟自己家搞错。听到隔壁病床的家属来了，还会突然问："家里有客人吗？"然后坐起身子很慌乱地想要去泡茶。又过了一段时间后，不要说是由香里，连姐姐的名字她都记不起来了。虽然她勉强还记得我，但到了最后，竟把我和大哥搞混在一起，让我特别不甘心。当我无法再跟她继续对话时，忽然灵光乍现，把嘴巴张得大大的，凑近病床上的母亲。

　　"我最近好像有蛀牙呢。"

　　听到这个的母亲突然恢复正常似的皱起眉头。

　　"要快去看牙医啊。等到非拔不可才去就太迟了。一颗牙齿蛀掉的话，隔壁那颗也很快就不行了。"

　　母亲把以前对我说过的话一字不漏地又说了一次。

我好高兴。

那是我所熟悉的母亲，如假包换。

然后我开始感觉到，那样的母亲正一点一滴地从我眼前消失。这想法令我不寒而栗。

母亲过世之后，我才开始去看牙医。

"你如果早一点来的话就用不着拔了。"

牙医这么告诉我。我花了一年的时间才把蛀牙全部治好。

那一次我也没有回应母亲的问话。

"你一定都没去看牙医对不对？"

她又问了一次。

"工作太忙了。"

我很不耐烦地说，然后从衬衫口袋里拿出手机。我以为有来电。

"你跟我一样牙齿都很不好。嘴巴张开一下，'啊'一下，啊——"

母亲撑在茶几上，自己也把嘴巴张得大大的。看到那个样子，姐姐笑得前仰后合。

"不要在小孩面前这样啦。"

我看了一眼淳史，他仍用毫不知情的表情吃着寿司。没有来电。我又把手机收回口袋里。

"什么？是工作上的事吗？"

母亲看着我忧心地说。

"嗯，还好。世田谷的美术馆突然有急件要委托。"

我随口撒了个谎。由香里坐在我旁边，她手上的筷子因为我的谎话停了一下。

"咦？是油画吗？"

母亲发出兴奋的声音。

"嗯……可以算是啦……"

我模棱两可地回答。母亲虽然没有一般人嘴里所谓的学问，但她似乎从小就喜欢音乐或画。最近她还去市场附近类似老年俱乐部的地方，学习手绘明信片。在寄给我的明信片中，也常常用水彩画上一些精致的插画，有柠檬、番薯、柿子、种在盆里的番茄和牵牛花。她没有画过任何特别的东西，但正是因为没什么特别，所以现在回过头来看，反而可以从中看到母亲栩栩如生的日常作息。青椒、苹果、水仙花、松子、茄子、枇杷籽。有一次我称赞她明信片上的竹䇲鱼画得很好，让她特别开心。

"不能只靠想象来画画。老师说过，要花足够的时间观察眼前的东西才行。"

她过世之后我在老家整理她的抽屉时，从中找到了好几张画了竹䇲鱼的明信片。想必她是练习到画得好为止才寄给我的吧。寄给我的那张上面的竹䇲鱼，的确是看起来最好吃的。在那条竹䇲鱼旁边她写着："有好好补充钙质吗？"我想她一定是担心我的牙齿吧。后来，我把她画的明信片全部收在了佛龛里面。

"说来上次报纸还报过呢，关于油画修复师的事。说是'画的医生'。"

听到姐姐的这句话，正在看报纸的父亲好像淡淡地笑了一下。

"嗯？什么报啊？"

母亲问姐姐。

"我记不起来了……下次复印寄给你好了。"

"嘴上说得好，哪次真的寄了？"

"真是抱歉。"姐姐吐了一下舌头。

不管她们母女间的对话，我在意的是父亲的反应。姐姐也真是的，干吗偏偏要用医生这个词来说明修复油画的工作呢？

"嗯，没有像医生那么了不起啦。与其说是医疗，倒不如说是抗老整形手术。"

"听起来不错啊，真想麻烦你修复一下。"

姐姐一边看着由香里一边开着玩笑。

由香里也笑着看了我一眼。那笑容像是在示意我，刚刚只是随口撒个谎，现在似乎已经开始越陷越深了。

"你刚刚说的那是什么手术来着？"

母亲歪着头问。

"母亲已经不需要啦。"

"您还年轻，所以完全不需要。"

"我也没信心可以修复……"

我们三个人相视而笑。

"为什么我觉得被排挤了？"

母亲有点闹别扭地说。看到她的表情，我们三个人又大笑起来。只有父亲还是闷着头在看报纸。

"总之，这行业好不容易才算是引人关注了。像我念的那间大学啊，报名的人也一年比一年多。只是真的要以此维生，竞争还是很激烈的，因为门槛其实是很高的……"

那已经是我对父亲能够虚张声势的最大极限了。可是父亲却完全没反应的样子。

词穷的我只好说："是吧？"然后用求救的目光看向由香里。

"好像是呢。"由香里咧着嘴，脸颊浮现出两个酒窝，然后将杯中的啤酒一饮而尽。这是她并不想笑的时候才会做出的表情。

"你以前手就很巧啊……"母亲说。

母亲以前就常说我的手巧是遗传自她。的确，母亲虽没正式学艺，但不管是料理还是裁缝，她都边看边学就学会了。冬天她常会穿着自己编的毛衣或薄外套，像今天她身上那件淡紫色的碎花洋装（应该说是乡下老太太常穿的家居服）的衣领上，也绣上了时髦的蕾丝边。应该是她自己做的吧。那蕾丝的白色，正说明今天对母亲来说是个特别的日子。只不过，她再怎么灵巧，也只能停留在外行人的领域，还没到可以以此维生的专业水平。而最难为情的是，竟然连这种地方，我也像极了我的母亲。

　　"酒量蛮好的嘛。"

　　姐姐看着由香里的空杯子说。而姐姐也正是我们三个兄弟姐妹中酒量最好的。

　　"嗯，像家母。"

　　我酒量极差，但由香里不管怎么喝都不会脸红，酒品也很好。

　　"记得幸惠酒量也很好。"

　　母亲怀念地说。

　　"对啊，有得一拼呢……"姐姐也附和。

由香里丈二和尚摸不着头脑，我在她耳边小声说："她们在说我大嫂。"

"哦哦。"由香里点点头，又喝了一口姐姐劝的酒。

"也不知道她现在住哪儿。"

姐姐问母亲。

"贺年卡上的住址没变啊，记得是所泽没错。"

"不知道她最近怎么样了？"

我边回想着她皮肤白皙的面孔边说。虽然我只见过她两三次，但我记得她的侧脸很美。

"看起来蛮命苦的……"

照例，当大哥第一次带她回家的隔天，母亲在厨房边喝茶边说人家的坏话。那次因为大哥叫我"好歹也跟人家打个招呼吧"，我才难得地回到老家。但如果继续待下去，只会不断地听母亲抱怨和说长道短，所以我早早就打包走人了。

在大哥过世之后，她还说："果然是那个媳妇娶得不好。"

她把责任推给跟意外完全无关的大嫂，深深叹了一口气。我想如果不这么想，母亲大概没有办法继续过日子吧。

没过多久幸惠就离开了这个家，和我们不认识的人再婚了，听说还生了两个孩子。

"如果当初他们俩有小孩的话，叫她来坐坐就更方便了……"母亲说道。

"都已经再婚了，不方便来吧。"

连姐姐也这么说，使得场面冷了下来。

"但换个角度想，也还好在那之前他们没有小孩。"

一直闷着头看报纸的父亲突然插嘴。

"带着拖油瓶的话，就很难再婚了吧。"

他边这么说，边舔了一下右手大拇指，发出很大的声音翻报纸。不管是姐姐还是母亲或是我，这时都不敢看"带着拖油瓶"的由香里。虽然对于父亲的粗线条我们早就习惯了，但这次已经到了如此口无遮拦的地步，使得我们三个人一时之间都不知道该接什么话。

"那我好幸运啊，还可以碰到这么好的老公。"

察觉气氛尴尬而率先开玩笑的正是由香里本人。光她这句话就让现场气氛缓和了不少。

"哪里的话，能娶到你是我们家的福气呢。"

姐姐搞笑地低头道谢。

"这句话轮不到姐姐来说吧？"我也勉强露出笑容。

然而父亲似乎完全没有发现我们正在多么努力地弥补他刚才犯的错。

"由香里，你要不要看良多小时候的照片？"

母亲突然想到什么似的说。

"嗯嗯，想看。"

由香里用**可以吗**的眼神看向我。

"你就算说不想看她也会硬拿给你看的。"

我有点不爽地说。我每次带交往的女生回家，母亲都会连同整个抽屉一起搬出来，将老相册拿给人家看。虽然她如此亲切地招呼，但还是一定会在客人离开之后挑人家的毛病。

由香里跟着母亲站起来。

"我也正好想找一些大学时候的照片。"

姐姐像母亲平时那样发出一声"嘿咻",起身跟上。

"淳史君也来嘛。"

母亲将手搭在淳史肩上。令人意外的是,淳史竟乖乖地站了起来。我猜他是不想要三个男生留在这里吧。

在庭院里,纱月正抱着西瓜在蒙着眼的信夫周围兴奋地奔跑着。

"喂,敲开了吗?"

站着的姐姐问。

"没——有。"

纱月和阿睦齐声回答。

"还没啊。"姐姐边念叨着边走向洋室。然后她好像想到了什么似的,在走廊停住脚步,从起居室的纸门背后看着我和父亲。

"那么这里就交给你们两位'医生'啰。"

她揶揄地说完后,消失在走廊的另一边。

起居室里只剩下我和父亲。庭院里，阿睦换下信夫，蒙上眼睛转起圈。纱月的笑声又加大了几分。父亲完全不看庭院，只低头专注地盯着手上的报纸。

"那个……高松冢[1]的壁画后来怎么样了……有修理吗？"

父亲边喝啤酒边小声地说。原来他不是在看报纸，而是在找话题。

"是修复，不是修理。"

我放了一片香菇天妇罗到嘴里，已经凉了，很难吃。

"当初的确是争论不休，吵着是要把整个古墓原封不动地保存下来呢，还是要优先抢救里面的文物。里面不是有那个国宝级的飞鸟美人壁画嘛，就是后来还印成邮票的那幅。结果文化厅推翻了固有的文化财产现地保存理念，做出将古墓解体的特殊决定，大概要花上十年吧，再说……"

1　位于奈良县明日香村的古墓。相传建于七世纪末到八世纪初，考古学家在其中发现了许多壁画和文物，可作为研究古代日本和中国、朝鲜交流的珍贵历史材料。在高松冢西壁上发现的壁画画的是一群女子。由于色彩鲜艳，画风典雅，令人叹为观止，遂成为日本国宝级的文化财产，不仅被选入历史教科书，还被制成了邮票。

"喂！搞什么？"

眼前的父亲突然站起来，走到檐廊。在庭院里，阿睦挥的球棒削到了百日红的树枝，使得花朵剧烈地上下摇动。

"不行，那是我的宝贝啊！"

虽是在对小孩子说话，但他的声音充满了威胁性。

"对不起。"

信夫慌忙低头道歉。原本拍着手引导阿睦的纱月，赶紧制止了阿睦。阿睦也被父亲的声音吓到了。他拿下蒙眼的手巾，无辜地看向父亲。我把原本要接着说的话都吞了回去，看着眼前的状况。

"哎呀，被骂了。"

信夫露出一瞬间的苦笑，但随即三个人又继续玩起敲西瓜的游戏。父亲在檐廊上俯视着，似乎还想再说什么，最后却作罢，边着重重的脚步走了回来。

"可以糊口吗？"

父亲边问边坐了下来。

结果他还是只对这件事有兴趣。我真愚蠢，竟一度认真地想要跟他讨论修复的事情。

"托您的福，至少还养得起带着拖油瓶的一家人。"

我尽我所能地试图挖苦他，但不知道他到底听进去了没有。寿司的饭粒已经干掉，父亲捏起上面的料，沾了酱油吃。我接连吃了两片母亲准备的腌黄瓜。起居室里只听得到我嚼黄瓜的声音。就在那时，阿睦挥的球棒命中了西瓜，只听"啪"的一声，随后响起了三个人的欢呼。我们安静地看着庭院中的那幅景象。百日红在艳阳的照耀下，亮得令人几乎感觉不到它的红色。

一直到最后，父亲都没有提到关于棒球的话题。

"我长大以后要跟爸爸一样当一个医生。大哥当外科，我要当内科。我爸爸每天都穿着白袍，只要接到病人的电话，就算是晚上他也会拎起包出门去……"

我把阿睦在庭院敲碎的西瓜用菜刀切成方便入口的大小，盛在盘子里。就在我端着盘子和球棒走往洋室时，听到房内的姐姐在大声朗读我小学时写的作文。

我开了门走向姐姐，粗鲁地从她手中将作文抢过来。

"不要瞎念。"

正在看相册的母亲和由香里惊讶地转过头来。

"有什么关系，只不过是作文而已啊，害臊什么？"

姐姐很不以为然地反驳只不过为了作文而发脾气的我。我发现淳史也正抬头看着我。

"这种东西要留到什么时候啊。"

我把盛西瓜的盘子放在桌上后，粗暴地将手中的作文揉成一团，头也不回地走出房间。

每个人都有一两个不愿意想起的童年回忆吧，就算是家人，也没有权力不经允许就打开人家的回忆来看。当我把阿睦拿去敲西瓜的球棒放回玄关内的伞架时，球棒顶端敲到水泥地，意外地发出了很大的声响。而从起居室那边，则传来了信夫他们坐在檐廊上吃西瓜的热闹声音。我像是要从那声音逃离似的，匆匆爬上洋室旁的楼梯。

"他那副德行还真像老爸。"

姐姐故意用我听得到的音量大声说。我匆匆走进房间，关上门，姐姐的声音才终于变小。但我终究还是无法将揉成一团的作文丢进垃圾桶，只好把它扔在初中时就在用的书桌上。

作文无力地弹在堆在桌上的《昭和的纪录》系列 DVD 上。

母亲是一个不会把东西丢掉的人。在冰箱旁边或置物柜的空隙中，总是塞满了买完东西后不要的包装纸或纸袋，甚至每一条绳子也都会绑起来收在抽屉中。

"留这么多东西是要干什么用啊？"

姐姐常在母亲面前挥着纸袋说。

"万一需要用的时候找不到就糟了。"

"什么时候会需要用到那么多纸袋啊？"

这种对话不知道重复过几次了。无论如何母亲总是不愿把它们丢掉，而我相信姐姐也了然于胸才是。

母亲丢不掉的不只是纸袋而已，冰箱里也总是塞满了食物，完全不像是屋子里只有她和父亲两个人在生活。

　　"囤积得足够才会令人安心，没有经历过战争的你们是不懂的。"

　　母亲常这么合理化自己的行为，但我认为她这么做的原因绝对不只来自于她的战争经历。去年过年回家时我打开冰箱，里面竟然有前年过年时买的鱼板。"这样反而会令人不安吧？"我和姐姐笑着说。

　　家里太多不再使用的旧东西，压缩着现在的生活空间。在置物间里，三个小孩小学时的成绩单、练毛笔的纸张、我的棒球衣和大哥的学生服，等等，都保存得完好如初。当小孩都离家独立了之后，她大概是不时把我们的"回忆"拿出来，沉浸在过去之中吧。想到她那离不开孩子的模样，与其说是令人怜悯，倒不如说是令人脊背发凉。

　　如此舍不得丢东西的母亲，竟然会在父亲过世后没多久就把他所有的衣物丢掉，老实说还真令我大吃一惊。还不到四十九天，她就把父亲的内衣裤拿出来装进垃圾袋内，在收可燃垃圾的日子全部丢掉了。一起生活了五十多年，也不过如此而已吗？我对她那毫无牵挂的态度过于震惊，打电话跟姐姐说了这件事。

"如果她一直不丢掉爸的内衣裤，反而才恶心吧？"

个性像母亲的她如此轻率地敷衍了我。

被她这么一说，想想确实也没错。但什么都不留也有点令人唏嘘，于是我将父亲喜爱的眼镜跟金色的旧手表当作遗物留了下来。如果我没说要留，可能就会被母亲在回收不可燃物的日子当作垃圾给丢了吧。

小学的毕业纪念册上面，我未来的梦想的确写的是"医生"没错。小孩子都会崇拜父亲工作时的模样，而我也认为，父亲一定会因为我这个愿望而高兴的。我想当时的我，是和大哥互抢父亲的。只是不知道从何时开始，父亲期待的眼光总是直接跳过我而看向大哥。大哥在学校的成绩比较好应该是最大的理由吧。但现在回想起来，也有可能是因为父亲觉得我的个性比较像母亲，大而化之又意志薄弱，不适合当医生。当还是初中生的我发现自己对父亲的憧憬破灭时，并没有花太多时间，心中对父亲的失望就彻底变质为对他的厌恶了。对于那样的我来说，小时候"想当医生"的那个自己，成为了我最想抹掉的过去。我非常惊讶自己虽然年过四十，却还没有走出那阴影，至今还遗留着某些负面情绪在身上。然而，我想要否定这个事实，眼前那团揉成一团的作文却又不允许我这么做。

"来，排好，排好。"

信夫的声音传到二楼的房间来。我的视线离开卷着的旧画册，看向楼下。

依照往例，在大哥的忌日时，都会拍一张全家人聚在庭院的照片。对于刚才在洋室失控的丑态，这是个挽回分数的好机会。我下了楼梯，若无其事地走向起居室。

"快点，快点。"

站在庭院里的信夫看到我，朝我招手。为了不和已经坐在檐廊的父亲撞个正着，我从旁边的和室走到庭院，站在檐廊的一边。由香里回头看到了我，我只好撇了撇嘴。

"拍照，拍照，拍照照……"

姐姐一边带着节拍唱着，一边坐到父亲旁边。

"妈妈你看！"

纱月指着阿睦的胸前说。可能是滴上了什么东西，那里有一片黑渍。

"这什么东西？哇，是巧克力！怎么办？我可没带换洗衣服来。"

姐姐粗鲁地拉着他的 T 恤闻过味道后大叫。

"那里拍出来会很明显的。"

信夫在百日红下面一边看着相机的取景器一边大声说。

"那我们把后面穿到前面来好了。"

姐姐拉着 T 恤想要将它脱掉。虽说是 T 恤，但如果把前后反穿应该更奇怪吧，不过姐姐是不管那些的。阿睦果然压住 T 恤死命抵抗着。

"那不然这样遮起来吧。"

痛快放弃了的姐姐拿阿睦的手挡住了巧克力的黑渍。就在做这些有的没的的同时，姐姐、阿睦和纱月站到了檐廊中间的位置，使得父亲顿时失去了他的立足之地。

"那么爷爷麻烦靠一点边。"

信夫爽朗地说。父亲本人应该是觉得自己身为一家之主理当坐在最中间吧。父亲面有怒色，但信夫照样不以为意。父亲只好挪到了檐廊的边缘。

从厨房跑来的母亲一坐下，却又想起什么似的站了起来。

"妈，你又怎么了啊？"

我问她。因为我实在很想赶快结束这种"合家美满"的游戏。

"等一下……"她含糊其辞，拿了佛龛上大哥的照片后又立刻跑了回来。姐姐跟纱月靠向两边，腾出一个空间给母亲。

"这样就全员到齐了。"

母亲将大哥的照片抱在胸前，慢慢地坐了下来。

"又不是葬礼，多不吉利呀。"

姐姐很无奈地沉下脸。

"有什么关系？我们今天会聚在这里都是因为这孩子啊。"

母亲温柔地抚摸着大哥的照片说。

"是这么说没错啦……"

姐姐也不想跟她争了。

现在大家看起来是围着母亲坐的。

看到这景象的父亲更加不高兴了。

姐姐的小孩们都称呼这里为"外婆家"。父亲似乎对这件事情很受伤。他曾经这么对姐姐说：

"这个家是靠我辛辛苦苦打拼建起来的，你凭什么让他们说是'外婆家'？"

姐姐把这件事用很好笑的口吻转述给我和母亲听。

"这人也太小心眼儿了吧？"

而现在，父亲正为了照片中的排列方式不悦，这再一次显露出他那小得可怜的气度。

"咦？这样爷爷只能被照到一半，麻烦您往中间靠一点。"

看着取景器调整前后位置的信夫如此指挥父亲。不知道是不高兴被称作"爷爷"呢，还是不喜欢被用手指，抑或是无法忍受最后还是得站在最边上，父亲终于把脸一横，走往玄关的方向去了。

"爷爷……"

信夫对着他的背影叫着，但父亲头也不回。阿睦仍旧用左手遮着巧克力渍，站起来看着父亲的去向。而母亲则完全不管父亲，只在意大哥照片的角度。

"咦？爷爷是去上厕所吗？"信夫发出很怪异的声音。

"那等一下就在这边围一圈吧。"

"那不就像有人死了一样？"

姐姐呼应了信夫的玩笑，使得大家都笑了，在那一瞬间，信夫按下了快门。

我以前就讨厌拍照，因为我装不出笑容。看学校的毕业纪念册或远足的照片，不管是哪一张我都摆着一张臭脸。不是看旁边，就是闭着眼，有几张甚至不知何故，只有我一个人是没对上焦的。跟家人一起拍的也一样。本来我的照片就不多。我想在每个家庭都一样，当次子是很吃亏的，因为相比其他兄弟，次子被拍照的机会少得可怜。"爸爸那一阵子很忙啊。"尽管母亲也曾如此替他辩解。大哥应该是很受重视吧，据说父亲自己跑去买了单反相机，给他拍了许多照片。而姐姐因为是第一个女生，所以照片也很多。并且，不管哪张照片，他们脸上都有着完美的笑容。

相较之下，我应该是不习惯被拍吧，被要求"笑一个，笑一个"的话，我的表情反而会变得僵硬。所以拍团体照时我都尽量站到最边上，或偷偷躲到人家后面去。这次的家族合照，我也是站在最边上，一个人摆张臭脸。

后来才发现，这天竟成了我们全家人聚在一起拍照的最后一次机会。之后那年阿睦因感冒没能来，再隔一年则是姐姐他们一家四口去了夏威夷。接着第三年的春天，父亲就骤然过世了。虽然从父母的眼中看来，自从大哥走了之后，就已经不算是全员到齐了。

拍完照片后，小孩们又在庭院里玩了一会儿。后来可能是有些腻了，就改为出门到外头去玩了。因为淳史那冷漠的表情，姐姐和母亲在背地里给他取了一个绰号叫"不笑王子"。不过貌似小孩子之间是不在乎的。虽然他没有笑得天真无邪，但还是很高兴地穿着大人的拖鞋，发出"啪嗒啪嗒"的声响，三个人一同"探险"去了。

我们也终于可以松一口气喝杯茶。太阳有些西斜，阳光射进屋子里，让平时阴暗的厨房稍微明亮了些。由香里刚才一直站在檐廊上试图拉下帘子，但似乎并不顺利。

"那是有诀窍的。"

看不下去的母亲站到由香里旁边，开始教她绳子的操作方式。我坐在起居室内呆呆地看着略成剪影的两个背影，心里想这还真是幅不错的画面。电视新闻的主播用高亢的语调说："今天是九月以来第十个酷暑天。今天东京的最高气温是三十二点四摄氏度。"

这时，姐姐踏着重重的脚步走来。

"他说他不要。"

她原本去邀闹别扭躲进诊室的父亲出来喝茶，但看来是失败了。不过，听她的脚步声就知道结果了。

"他啊，除了天妇罗的话题以外都不会参与的啦。"

她深深叹了一口气，盘坐在榻榻米上。由香里从檐廊走回茶几，开始将泡芙分到盘子里。

"不用理他啦，肚子饿了就会自己跑出来，跟你家附近的乌鸦一样。"

母亲边说边拍拍姐姐的背，又坐到茶几前倒起红茶。

"只不过我们家那边的乌鸦只有周二和周四这两个厨余垃圾回收日才出来。"

姐姐吐着舌头笑着说。姐姐住的员工宿舍据说正因乌鸦数量变多而苦恼。它们知道哪一天是收厨余垃圾的日子，从大清早就排成一排在路边等待。

母亲应该是记得这件事才这么比喻的吧。我猜父亲想都没想到自己会被拿来跟乌鸦做比较。

"根本就是小孩子嘛。"

我这么一说，姐姐和由香里相视而笑。应该是想起了刚才我闹孩子气走上二楼的事吧。我自己发现之后也觉得不好意思，只好将视线落在泡芙上。

父亲是完全不做家务的人，所以就算闹别扭躲进诊室里，到了吃饭的时候也一定会走出来，在厨房或起居室边看着报纸边等着上菜。就算退休了也完全没有改变。

"既然有空，就应该偶尔帮忙做啊。"

母亲虽这么说，但实际上好像不太喜欢男人进厨房。她成长在把"男人不可进厨房"当作格言的那个年代，而且她也不喜欢自己的管辖范围被人侵犯吧。就算是姐姐乱动了杯子或锅，她都会生气地说："不要乱动啦。"

归咎于我母亲这样的思想，我在外面一个人生活的时候也跟爸爸一样与料理无缘。

红茶倒好了，泡芙也分到盘子里了。正当我想慢慢享用泡芙的时候，纸门隔壁的和室传来了巨大的鼾声。是信夫。刚刚他还在跟小孩玩敲西瓜，又吃又喝，大声地笑，现在却不知不觉地睡着了。

就算他的个性再怎么不拘小节，我也还是无法理解，他是怎么才能在有这种岳父的娘家睡着的？甚至连我这个亲生儿子都比他还紧张。从某种程度上来说，我应该是羡慕他吧。

"唉，哪里像金枪鱼啊？"

姐姐苦笑着说。

"躺在榻榻米上，难免会放松身心啦。"

母亲说完，站起来走向檐廊。

"就是说啊，现在那个家就没有榻榻米。"

姐姐的视线紧跟着母亲。母亲拿了挂在藤椅背上的夏用毛毯后走了回来。那是我从前睡午觉时爱用的蓝色花纹毛毯。

"想要榻榻米就铺啊。"

母亲用下巴指了一下和室的方向，将毛毯递给姐姐。

"没办法啊，那个家的结构又不是这样子的。"

姐姐很不服气地说，然后转向由香里。

"所以我想说搬来这边以后，也可以再盖一间和室。"

"准备什么时候搬家？"

由香里一边将盛了泡芙的盘子推向我这边一边问她。然后由香里看着我，示意我加入她们的对话。

"可以的话，我想在阿睦升上初中以前……"

"都还没定呢。"

母亲抢了姐姐的话说。

我以前就非常不喜欢她们这种互相试探对方葫芦里卖什么药的对话方式。

"说什么呢？我上次都给你看图纸了，不是吗？"

姐姐起身拉开纸门。信夫把对折的坐垫枕在头下，开着电扇舒服地睡着。

"会感冒的。"

姐姐把毛毯丢到信夫肚子上说。

我每次都搞不清楚姐姐的行为举止到底是温柔还是冷淡。信夫发出不知道是鼾声还是梦话的声音响应她，但没有睁开眼睛。

"人家不是说吗？年纪大了以后和女儿一起生活是最好的……"

坐回坐垫的姐姐征求由香里的附和。

"那也要看是怎样的女儿啊。"

母亲也看向由香里。由香里很无助地只是微笑着。

两个人都想极力拉拢由香里的样子，实在令我作呕。虽说是二世带住宅，但现在这个年头，究竟还有多少女儿还想跟父母住在同一个屋檐下，对于不谙世事的我来说实在是一个谜。只是，像姐姐这样精打细算的个性，与其说是出自孝心，我更相信这一切一定是她缜密计算过利弊得失后的结果。我从口袋里取出香烟，故意出声嘟囔"烟灰缸跑哪儿去了……"来逃离现场。

由香里见状，用跟责备淳史相同的眼光看着我，但我假装没发现。

"虽说是生活在同一个屋檐下，但厨房是分开的啊。当然，如果你要做给我吃，我还是会感激不尽地收下的。"

"到头来还不是我在照顾你们，那我不就跟家政阿姨一样了吗？"

两个人的对话持续着。我走到厨房，打开抽油烟机，点了烟。就在这时，电视新闻传来激烈的海浪声，大家一起看向电视。

"神奈川县横须贺市津久井的海水浴场发现一具男性遗体。遗体为神奈川县横滨市的某公司职员荻原干生，五十三岁。今日下午一点半左右，戏水的游客发现了礁石上荻原先生的遗体，随后报警。据警方分析，荻原先生醉酒落海的可能性极高……"

听到这里，姐姐用遥控器关掉电视电源。

"都已经秋天了，还是有这种……"

姐姐尽量用事不关己的态度说。看着已经关掉的电视屏幕，母亲将绑到一半的蛋糕盒绳子扔到了茶几上。那个背影与之前不同，缩得小小的，感觉突然老了好多。

"前一晚……那孩子很不寻常地一个人回来过夜。事发那一天，他还在玄关擦鞋。然后突然说'想去海边走走'。我从厨房跟他说'小心点儿'的时候，他已经出门了。我出来一看，只剩擦得干干净净的鞋子排在玄关。那景象，一直印在脑海里，想忘都忘不掉……"

母亲的喃喃自语听起来很沉重，那音调像是不断地往幽暗的海底下沉似的。不只是在忌日，只要我和姐姐回家，她就一定要讲一次。每次我听到这件事时，喉咙深处总会散发出一股难受的苦味。母亲仍不死心地想要从她那天看到的玄关景象中，读出儿子留下的某种信息。

"我们回来了。"

这时，探险回来的孩子们发出热闹的声音，响遍了庭院。

三个人都喘着气甩掉拖鞋，从檐廊直接爬了上来。原本起居室内沉重的气氛，被粗暴地打破了。

"跑哪儿玩去了？"姐姐问。

"秘密。""不能说。"

纱月和阿睦同时回答，随后跑向了厨房。淳史也跟在两人后头。

"玩得满身汗……"

由香里烦恼地看着淳史的背影。

"这个送你。"纱月将手上百日红的花交给姐姐。

粉红色的花朵看起来生机盎然，比庭院里的花更美。

"该不会是偷摘的吧？"

姐姐语带斥责地说。

"捡到的啦。"

阿睦边说边用力打开冰箱门。

"喝麦茶吧，不要吃冰淇淋啦。"

姐姐大声说。那嘈杂的日常气氛又回到家中，让我稍稍松了一口气。

"要是我早一点叫住他的话……"

但母亲像是完全没听到姐姐她们的对话似的，又陷入喃喃自语中。在她的脑海里似乎还持续着刚刚听到的浪声。由香里也不好意思吃泡芙，用困惑的表情看着母亲。

"啊？又要开始了吗？"

受不了母亲的唠叨，姐姐冷淡地说。

"有什么关系？就今天而已啊。"

"哪是今天而已啊……"

"他当初就不应该逞强去救人家，又不是自己的小孩……"

叹息般地说完，母亲拿着纱月捡来的百日红站了起来。

"嘿呦嘿呦哎嘿呦……"

母亲发出的声音就像是搬重物时的号子。

姐姐疑惑地看着母亲。

"难得聚在一起，我做点儿点心给大家吃吧。"

若不动手做点心，母亲恐怕又要陷入十五年前的那团泥沼中了。

"不用啦，都那么饱了。"

"咳，难得聚一次。"

不管姐姐说的话，母亲拿着百日红走进了厨房。

结果母亲并没有吃她喜爱的泡芙。由香里盯着桌上没动的泡芙看着。

我好不容易躲进来的场所又被母亲占据了。我无奈地将抽到一半的烟丢进水槽。烟头发出小小的一声"嘶",冒出一缕白烟。老旧抽油烟机的声音在我耳中持续着。

大哥因拯救溺水的小孩而丧命的事迹,当初被当作美谈广为传颂,甚至连报纸上都登有照片报道。但无论他死得多么崇高,对家人来说,心中的缺憾都是一样的。

失去后继者的父亲等于是被打乱了他后半辈子的人生规划,母亲也因为失去她最得意的儿子而伤透了心。甚至我,当初也是因为认定大哥会继承家业,才能放心地去做自己想做的事。

事到如今,若为了"家业"重考医学院,我的年纪也太大了,更何况我根本没那个能耐。最重要的是,我父母也从来没有期待过我会对这个家负起那样的责任。毕竟早在我自己放弃以前,父亲就不再期待我能成为医生了。当时的我,虽不至于觉得父亲活该，但多少还是觉得那是他自作自受。对于那个意外我唯一挂在心上的是：我哥为何最后要擦鞋呢？若是扫浴室我还可以理解。但是，他死前却做了擦鞋这项原本属于我的工作，这在我心中留下了一个小小的疑点。不过我没有像母亲一样，想要从中读出什么大哥留下来的讯息，我压根儿不要。因为我不想自己的人生被这种事情所束缚。可即便如此，我还是梦到了很多次那幅我没有实际看到过的景象：一排被大哥擦干净的鞋子摆在玄关。这让我更加不爽。

少多管闲事了……每次我从梦里醒来，都会窝在被子里如此低语。

结果在左思右想之后，母亲决定做白玉团子[1]。我躺在起居室，看着纱月和阿睦将双手弄得白扑扑的帮母亲做团子。气温不再那么高，大雨般的蝉鸣声也在不知不觉中变成小雨。就像姐姐家一

1　日式点心的一种。由糯米粉制成，类似汤圆。有时会在里面加红豆。

样，我们在四谷那两室一厅的公寓里也没有榻榻米房间。像现在这样把坐垫折起来枕在头下躺着，真的会令人放松许多。虽然老家的榻榻米经过日晒已经不新了，但翻身时还是可以从里面闻到淡淡的草香。

我小时候最期待的大事就是换榻榻米或是纸门上的纸，现在东京已经很少有人家会做这种事了。换榻榻米的时候，父亲会把椅子搬到庭院里，读原本铺在榻榻米下面的旧报纸。我和大哥总抢着看父亲看完的旧报纸。至于谁可以先戳破纸门上的纸，则是兄弟姐妹三人靠猜拳决定的。我赢的时候，就会模仿当时流行的漫画《明日之丈》[1]，喊着："打！"用拳头戳破纸门。贴新的纸上去时，我们会用母亲用米煮出来的糨糊。记得还曾三个人一起用指尖蘸着熬成糊的白饭吃。当然一点都不好吃。我们已经很久没有一起在这个家里共同做这样的事了。母亲虽然仍旧会修补部分破掉的纸门，但纸门上的白色已经泛黄，让家里的空气显得更

1　由高森朝雄（梶原一骑）原作，千叶彻弥绘制的拳击漫画。

加沉重。

"把它揉圆之后再这么给它捏一个肚脐出来，用大拇指。"

母亲一边示范给阿睦看，一边迅速地揉出一个又一个的团子。纱月可能当这是在玩过家家吧，所以很热心地在帮忙，但阿睦与其说是在做料理，更像是在玩黏土。从刚才起他一直做一些星星或飞机之类很难入口的形状放在盘子里。淳史刚刚从外面回来，在冰箱前喝完麦茶后，就不知道跑哪儿去了。不记得他上了二楼，所以应该是又跑到庭院里玩，或是到洋室里看柜子上的唱片了。我想这就是他被人家说"冷淡"的原因吧。

"你捏的是什么呀？"母亲看着阿睦的手心问。

"大便！"

阿睦大叫并且高举着手。

"谁要吃嘛。"

和由香里并排在碗槽洗盘子的姐姐回头笑着说。母亲也高声笑着，刚才那深刻的表情仿佛不曾存在过似的。

白玉团子是我家常吃的点心。大哥遵从父亲的指示从来不进厨房，但我却常常像阿睦现在这样，在厨房里跟姐姐帮我母亲的忙。然后我也免不了地常做出大便形状的团子被母亲和姐姐骂。还常常忘记捏"肚脐"，使得团子煮完里面都还是生的。当我恶心地吐掉那样的团子，母亲就会若无其事地将它又放回锅里，笑着说："再煮一次就好了。"不知道该说是大而化之还是随便，反正她就是那样子的一个人。对小孩子来说，白玉团子本身并不是特别好吃，但和冰淇淋或煮过的红豆混着吃，仍不失为一道美味的点心。我母亲跟我同学的双亲比起来，要老上一辈，所以给我们吃的点心多是花林糖[1]、红薯干或五家宝[2]等传统的日式点心。有一次去朋友家玩的时候，朋友的母亲端出了草莓蛋糕和红茶当点心，让我大吃了一惊。而且红茶用的还不是茶包，而是把茶叶放进那种高高的按压式玻璃茶壶里泡出来的。我回家之后费尽唇

---

1 日式点心的一种，在面粉中加入鸡蛋、砂糖、酵母等，和好后切成条过油炸好再裹上黑糖等调味料制成。传说由中国在唐代时传入日本。

2 日式点心的一种。将糯米蒸后晾干再炒制一下，再和糖稀混合制成棒状，最后撒上用豆子磨成的各色粉末。

舌跟母亲描述那有多美味，但母亲只是很干脆地说："日式点心对身体更好啊。"

这时，放在茶几上的手机响了。我慌忙起身取过手机查看来电显示。果然是户波打来的。因为不方便在起居室说这件事，所以我尽量不被发现地走向玄关。

"要打电话用家里的打啊。"

母亲在背后跟我说。我没有回头，只挥手说了声"不用啦"，然后尽快远离了她。

在走出玄关时，洋室里传出了钢琴的声音。大概是淳史在弹钢琴吧。

据说淳史过世的父亲很有音乐天分，以调校钢琴为职业。这件事虽然闪过我的脑袋，但我现在为了自己的职业已经一个头两个大了。

因为一直没有信儿，所以我其实已经不抱什么希望了，面试结果果然如我所料。基本上我从来就没有通过过这种面试，我的手气也都一直很差。

"没事没事，不用那么在意啦。"

电话那头的学弟反而在鼓励我，随后挂了电话。我靠坐在姐姐家那台大车旁，又拿出了一根香烟。今天特别想抽烟。我原本的计划，是要在大哥的忌日前找到工作，然后再三个人一起来这里的。可这样下去，我都开始怀疑自己能否在过年前找到工作了。经过家门口的一对老夫妇看到我，和我打了招呼。我也向他们回礼，但我完全认不出他们是谁。"那是老师家的少爷啊。"过了一会儿，我隐约听到老妇人的声音传来。

我悠闲地放松了一段时间。从家里传来的钢琴声不知何时静下来了。也不能老是这么蹲在玄关外，我无奈地站起来打开玄关门，然后通过诊室的门缝窥见了父亲和淳史的身影。不知道是淳史自己进去的，还是父亲叫他进去的，他们像是医生和病人似的对坐着。我悄悄地走到诊室门前。父亲坐在气派的黑色皮椅上，握着坐在诊疗床上的淳史的双手。

"看起来很灵巧啊。"我听到父亲这么说。那声音充满了我平时不曾听到的温柔。

"医生很不错的，是个非常值得你付出的行业。"

父亲眯着眼，抱着淳史的肩膀。我像淳史那么大的时候，就在这个诊室里，他也曾对我说过同样的话。当我又听到这句话时，不知为何突然怒从中来。我站在门口静静地推开门。门板吱呀作响，淳史抬头看向我。

"去那边玩儿。"

我尽量冷静地说。淳史下了诊床，只用眼神很不好意思地跟父亲表示歉意，然后经过我旁边，发出"啪嗒啪嗒"的脚步声回起居室去了。

确认淳史的身影在走廊的转角消失后，我重新看向父亲。

"请你不要向他灌输一些奇怪的观念好吗？"

听了这句话，父亲背向我，拿起了桌上的茶杯。

"我才不会让他当医生的。"

我强调道。

父亲回过头。

"反正我也没法再等二十年了。"

我感觉无法成为医生的自己又被责怪了一次。

"这话是什么意思……"

父亲用和看淳史时截然不同的锐利眼神看着我。

"我又不是在说你。"

我不禁愣了一下。每次进到这诊室来都会这样，总会在不知不觉间紧张过头。

"不用说我也知道……"

原本是来抱怨的，却反而被责难。我带着无法释怀的心情走出了诊室。

到了走廊，听到母亲和姐姐的笑声从厨房传来，正在说某人的八卦。看来只有她们两个人在厨房。我去了楼梯下面的洋室，也没找到由香里。于是我拉开放着我们行李的姐姐房间的纸门，看到她在那里。她瞥了我一下，视线随即又落回自己的脚尖，用泄了气的声音说：“我休息一下。”

“没关系，你先歇着吧。面对我爸妈，你应该也累了吧。”

由香里没说话。她两腿伸直，背靠在门柱上，一动不动地盯着自己的脚趾。我在她脚尖前坐下。虽然从回到家算起只过了四个钟头，但感觉已经好久没有两个人独处了。我想把手放在她腿上，但听到姐姐她们的笑声，又作罢。

外头传来隔壁公寓拍打棉被的声音。可能是有小孩子帮忙，在一阵杂乱的拍打声后，传来了扎实有力的拍打声，听来悦耳。

“刚刚那通电话啊……”我开口说。

“他说，现在的确是没有空缺。”

“哦哦，你是说那个‘世田谷的美术馆’？”

她呛了我一句。

“亏你扯得出来……”

果然她还在气我吃饭时撒的谎。

“没办法啊，都已经说到那份上了。”

就算我老实说了也不会有任何好处，只会让父亲瞧不起我，让母亲多叹几口气。

"已经被传成夏加尔¹了哦。"

"什么？"我看着她。

"你现在在修复的油画啊。"

"夏加尔？"我忍不住大声说。

母亲一定又没有好好听人说话，而是自己一厢情愿地乱想。她以前就常这样。实际上，我在油画修复工作室工作时，接的活大部分是某校校长或某人祖父的肖像画，抑或是还没有外面的箱子值钱的卷轴之类的。即便如此，当我清洁被灰尘和油垢污染的画，使它恢复原来鲜艳的色彩时，我的心里总是很舒畅。我也喜欢凭着笔触或使用的颜料去想象画这幅画的人是怎样的一个人。总之，我可以从这些小小的细节中，找出这份工作的乐趣所在，母亲则不是。她一听到是油画就搬出凡·高啊、雷诺阿²什么的，

---

1 马克·夏加尔（1887-1985），出生于俄国的犹太家庭。超现实主义画家之一。

2 皮埃尔－奥古斯特·雷诺阿（1841-1919），著名法国画家，印象派发展史上的领导人物之一。

理想化……不，应该说是幻想儿子的职业。母亲就是这样的人，所以就算现在搬出夏加尔也不足为奇。

大哥考上医学院的时候，她也大惊小怪的，好似他已经当了医生一样。每当大哥实习的医院出现在电视新闻里时，她都会想到有可能跟大哥有关系，时而高兴，时而紧张。我想，所谓母亲就是这样的一种生物吧。

歩いても　歩いても

蝉声不知何时停止了。也许正因为这样，在外头玩耍的小孩的声音显得更大了。为赶在天黑以前，我便和母亲、由香里以及淳史一起出发去为大哥扫墓。他的坟墓盖在可以俯视久里滨海岸的高台公墓中。

去墓地的路上，母亲一边走，一边跟我讲在我小时候就死去了的爷爷的事，然后又聊起关于大哥的往事，时而欢笑，时而哭泣。如果坐车的话，是不会有这种时光的。也许正因为她知道如此，所以我们总是花上二十分钟的路程，慢慢走上那不算平缓的上坡。我们在陵园管理室旁买了供奉用的花和香，一共八百日元。

"这种花，以前才卖三百日元。"

母亲一边将找的零钱放入钱包，一边又抱怨起来。坡道两旁种着樱花树，到了春天会形成一条美丽的粉红色隧道。甚至有很多人为了赏花大老远来这边。但因为除了大哥之外，葬在这里的爷爷奶奶忌日都在冬天，所以其实我也没看过几次这里的樱花。父亲打从心里瞧不起赏花这种行为："只不过是喝喝酒，唱唱卡拉ＯＫ罢了。"所以他从来没有带家人来赏过花。讽刺的是，父亲正是在樱花盛开的季节过世的，所以每次来为他扫墓，我们都必须先经过来赏花的拥挤人潮。

从墓地可以俯瞰到很美的海景。也许正因如此，这里的墓碑上刻的文章才与众不同，比如"伴海长眠"或是"回归海洋"之类的。

有的墓碑上还刻着鱼或帆船的图案。淳史看到这样的墓碑就会靠过去，边走边逐个念着上面的文章。海风吹上来翻弄起树叶，形成了一道道浅色的波浪。每当我看着树叶如同活生生的动物一般摇动，就会想起小时候看的宫泽贤治[1]的童话。

---

1 宫泽贤治（1896-1933），日本著名的诗人、童话作家。其代表作为《银河铁道之夜》。

"欸？这是谁供的花？"

最先抵达墓碑前的母亲惊讶地回头看我们。墓碑前供奉着的向日葵，随着海风激烈地摇动着。事务所旁卖的全是菊花，所以想必是有人特地去花店买来的吧。

"该不会是幸惠……"

母亲疑惑地说出了大嫂的名字。

"她要是都来这儿了的话，应该也会来家里吧？"

"也对……"母亲继续思索着。

"可能是良雄吧……"

我说出了被大哥救起的少年的名字。虽说是少年，但已经过了十五年，现在他应该二十五岁了。

"他才没这么懂事呢……"

母亲冷淡地脱口而出，接着用双手取出向日葵，丢在一旁的草地上。

"就这样丢掉吗？"

我不禁讶异地问她。

"不然我们的插不下啊。"

母亲指着墓碑不耐烦地说，然后从我手中的水桶里取出菊花，细心地分成两束，供在墓前。母亲的表情僵着，像是不喜欢自己的儿子被莫名其妙的人碰到。从她的眼神中，我感觉到了她对大哥那强烈的执着，不禁毛骨悚然。

"母亲，让我来点香……"

由香里伸手接过香，试着点燃。在那期间母亲用长柄勺在墓碑上浇水 [1]。

"今天一整天都那么热……这样是不是舒服点儿？"

勺子里的水顺着墓碑流下来。灰色的"横山"两字在一瞬间变回了亮黑色，然后水又继续流下，最后积在墓碑旁，反射着太阳西照。母亲的眼睛散发出温柔的光芒，与其说是在看墓碑，更

1　日本人扫墓的习俗，会在墓碑上浇水。一方面跟先灵表示家属来了，另一方面也有清洁墓碑之功用。另有一说表示，此习俗源自于死后的世界有"饿鬼道"。由于饿鬼只能喝墓碑上的水，因此人们出于慈悲，在墓碑上浇水。

像是在看大哥。而她的话语，若闭起眼睛听的话，恐怕任谁都会以为她是在跟一个活生生的人讲话。仔细一看，母亲唇上还涂着一层淡淡的口红。她出门前一直在烦恼究竟该戴哪一顶帽子，所以是在临出门的最后一刻，匆匆涂上的口红吗？简直像是和恋人久别重逢的女孩似的。我不禁撇开视线。人家说儿子是母亲一辈子的情人，我想对母亲来说，大哥正是那样的存在吧。尤其是在失去对父亲的爱意与信赖之后，她的那种感情似乎更加强烈了。淳史站在由香里旁边，静静地看着那个模样的母亲。我无法从他的表情窥知，拒绝写信给死去的兔子的他，到底是在用怎样的心情凝视。

由于风太强，浪费了好几根火柴后，由香里总算把香点着，交给母亲。

母亲蹲着把香插在墓前，才刚双手合十拜了一下，就马上闪到一旁让我们继续，出人意料的干脆。

就像在佛龛前做的那样，我们三人闭上眼，双手合十。包围着墓地的树木又发出"沙沙沙"的恐怖声音。从风来的方向，传来电车奔驰在轨道上发出的"哐哐、哐哐"的声响。转头一看，我们早上搭乘的京滨急行红色列车，正从海岸线前方的陆桥经过。那是我从小就看惯了的熟悉的景色。

"来扫自己儿子的墓……没有比这个更心酸的了吧……我明明没做过什么坏事……"

母亲背对着我们，拔着墓碑周围的杂草。我看着被母亲丢掉的向日葵，鲜艳的黄色令人炫目。虽然母亲为之不悦，但我却相反。在大哥不算长的人生中，想必存在着某个我们不认识的人，在那个人心中也存在着我们不认识的大哥。也许大哥曾经告诉过那个人："我喜欢向日葵。"或是大哥曾跟那个人说："你就像向日葵一样。"抑或是大哥如此被别人说过。然后，那位某人也许想起了大哥的笑容，特地到街上买了花来到这里也说不定。我也没什么凭据。只是如果真有这么一回事，那也算是个不错的人生。

"我们去扫墓吧。"

当我在厨房如此邀请母亲时，她问姐姐："你不去吗？"

"我不用啦，盂兰盆节[1]才刚去过。"

姐姐边把吃剩的饭菜装进保鲜盒边这么回答，于是母亲就说："那只好我去喽。"

然后就开始不安地准备起帽子和薄外套之类的。

"'只好'？什么叫'只好'啊？"

姐姐愤愤不平。想必是发现母亲想要跟我说些悄悄话吧。姐姐的第六感总是很灵的，果然不出所料，当我们独处时，母亲就开始跟我商量起关于改建和同住的事情。

"别跟千波说啊……"

我俩并排走下坡道时母亲再三强调。

1　日本传统节日之一，由日本的祖灵信仰与佛教思想结合而来。原为农历 7 月 15 日，现日本大部分地区将阳历 8 月 15 日定为盂兰盆节，东京及周边地区则是在 7 月 15 日过节。人们会在盂兰盆节假期去祭祖。

由香里撑着白色洋伞，和淳史走在前面一点的地方。白色的百褶裙微微透着阳光，随风摇曳。可以暂时从家里那喘不过气的境况中解放，看来，由香里也正享受着这段散步的悠闲时光吧。

"您想怎么办？"

我这么问母亲。

"你觉得怎样才好？"

她却反问回来。她是个好恶分明的人，以前从来不会这样的。是因为老了吗？这两三年，小到日常琐事，大至这类的事情，她都越来越依赖我的判断。但她真的会照着我的话去做吗？不见得。这就是最恼人的地方。

"信夫这人倒也不坏……但想到这把年纪还要跟别人住在一起……而且小孩子又很吵。"

母亲冲我皱起眉头。不论是非常照顾她的信夫还是她疼爱的孙子，都可以割舍得如此一干二净，我的母亲对人一贯如此冷淡。

"所以你不愿意喽。"

我揶揄她。

可能还是有所顾虑，母亲似乎不敢当着姐姐的面说不。在姐姐搬回来住这件事上，她甚至拿可能因改建而失去诊所的父亲当借口。

"我是怕你爸不愿意啦。"

她不断重复这一句。

"只有这种时候才会把爸搬出来。"

姐姐曾经生气地如是说。

平时对父亲嫌这嫌那的，这时却搬他出来挡枪，的确是很卑鄙的做法。看来这场争论姐姐会占上风了。

"我还怕……万一变成那样，你不就很难搬回来住了……"

母亲的声音带着点撒娇的意味。我想起刚才她对大哥说话的语气，下意识窥探起她的表情。

"我是不可能了。"

我先下手为强，粉碎了她的幻想。

"等你爸死了不就没事了……"

母亲说得稀松平常。我大概可以想象出她在脑中描绘的未来十年的景象。而不管那是什么，我只想极力跟那十年撇清关系。

"我又不能代替大哥。"

"这我都知道。"

"知道又何必……"

走在前面的淳史和由香里回头确定我们是否跟上了。母亲对着他们露出柔和的笑容，举起提在手里的向日葵挥了挥。当由香里又继续往前走之后，她突然改变语调说：

"那你们，打算怎么办？小孩的事。"

"什么怎么办？"

我看着走远的两个人的背影。他们的对话被风遮蔽，完全传不到这边来。

"要想清楚啊。一旦有了孩子就很难离了。"

我有一瞬间几乎不敢相信自己的耳朵，不禁停下脚步。我反刍了一次刚才母亲说的那句话，在心中又确认了一次。没错。母亲果然不认同这桩婚姻。

"说什么呢？真是的……一般，应该都会说想要早点抱孙子之类的吧？"

我不希望被看穿心中的狼狈，比平常更开朗地说。

"可是你们家不一般啊……"

母亲怄气似的说，然后又慢慢地向前走。她无法接受儿子没照着自己的期待成长，所以表现得像个任性的小孩。我有点受不了这样的母亲，但还是无奈地跟她一起并肩走着。

"现在这年头，这种状况不算新鲜了……"

在我单身的时候，她每次打电话来都嚷着结婚、结婚。最后竟然开始恳求我，说"跟谁都可以""就算结了再离婚也行"。那已经不是在为我的幸福着想了，我觉得她在意的只是世俗的眼光。我终于受不了地回她："既然那么想要我结婚，你们就让我看看结了婚的夫妻能幸福成什么样啊。"没想到母亲说了句"你这话太过分了……"就突然沉默了下来。那时的母亲，让我感觉到她打从心底在后悔自己的婚姻。而对于那错误婚姻的结晶的我来说，打击就更大了。

穿过陵园蜿蜒的砾石路，我们到了可以过车的柏油路。从这里到海边的下坡路段对膝盖的负担很大，但我喜欢俯瞰街景。我深深地吸了一口气，虽然闻不到海的味道，但有佛香淡淡的香气从附近的墓碑前飘来。母亲有点喘，我稍微放慢了脚步。

"啊，黄色的蝴蝶。"

顺着母亲手指的方向，我看到有只纹黄蝶在由香里和淳史背后飞着。"嗯……"我不在意地回答。

蝴蝶被海风吹着，与其说它在翩翩飞舞，不如说它是为了不被吹走而拼命拍打着翅膀。

"听说啊，只要纹白蝶能活过冬天，就会变成纹黄蝶……"

母亲盯着蝴蝶说。

"真的？听起来好假……"

"我是这么听人家说的。"

"听谁说的？"

"忘了……"

我点点头，但不相信。一定又跟往常一样，是她自己一厢情愿或是会错意的吧。

"听了人家这么说以后再看到蝴蝶，就觉得好心疼……"

母亲边叹气边说。她一定又把这只蝴蝶和大哥联系在一起了。可大哥过世已经十五年了，再怎么样，也没有蝴蝶可以熬过那么多个冬天吧？我本来想说的话到了嘴边又吞了回去。

小学的时候，大概是生物课的观察实验，我们曾经被要求在家里孵化蝴蝶。校园旁边的菜园种着圆白菜，我们听说那里有很多蝴蝶幼虫，下课后就冲到菜园去。我们跟菜园的农夫讲了原委，他很高兴地同意了。"这也算是帮了我一个大忙啊。"他说。我们便分头去找躲在菜叶中间的幼虫，一颗圆白菜里头总有个两三只。到了傍晚，我们准备的昆虫箱里头已经是满满的幼虫了。我们为自己的战果大为振奋，结果拿回家里给姐姐看到，她发出凄惨的悲鸣，哭着求我："绝对不要拿进家门。"

我只好在后院养它们。将近一百只幼虫挤在一个昆虫箱内实在不够，我就把摆在后门附近那只废弃的鱼槽洗了洗，让幼虫移居到那里面。虽然听说只要是蔬菜它们都吃，但以防万一，我还是只给它们吃圆白菜。我喂得很勤快，数周内它们就都变成蛹了。从此以后，每天一睡醒，我就先去后院看水槽里的蛹孵化了没有。

有一天，我嘴里含着牙刷，像平时那样到后院去看，发现有些异常。我赶紧冲过去，水槽里面像开满花似的白白一片。虽然有几只翅膀还没长好，但一百多只蛹在一夜之间全变成蝴蝶了。我赶紧刷完牙，抱着水槽到外头去。然后打开盖子，屏息等待。可是不知道它们是没发现盖子已经开了，还是没有准备好起飞，所有的蝴蝶都一动也不动。我突然感到不安。是不是因为我把它们从菜园抓到这种地方来，结果孵出了不会飞的蝴蝶？我用手指敲了敲水槽的玻璃，但蝴蝶看起来还是没有要动的样子。感觉时间过了很久，正当我想要放弃，打算进去叫爸妈来看时，吹起了风，周围的树叶"沙沙"地摇动起来。一切就发生在那一瞬间。

我的眼前被一片白色覆盖，忍不住闭上了眼。水槽中的纹白蝶似乎是在等待这阵风似的，一起飞了起来。那时，我甚至感觉听到了蝴蝶挥动翅膀的声音。那声音大得就像是成群的鸟在一齐扇动翅膀。蝴蝶在一瞬间全部没了踪影，只留下满满一水槽它们脱下的壳。看着那画面，我突然开始作呕。我赶紧抱着水槽跑回后院，打开水管的水，将它们脱下的壳全部冲刷掉。当时我并不知道是怎样的冲动驱使我这么做，但我现在很清楚地知道，我感觉到的是死亡。震慑我的不是蝴蝶的诞生，而是蛹的死亡。我因为被一群死亡包围而感到恐惧。

　　也许正因为突然回想起这样的经历，我没办法轻易地否定将纹黄蝶和大哥的死联系在一起的母亲。也许在蝴蝶身上，的确有某种会令人联想到死亡的东西。

　　这是在父亲过世之后的事情：有一次我跟母亲两个人去扫墓。返回的时候，她又说了一个关于蝴蝶的故事。

"前不久，我出门到车站前买东西，结果在我走到站牌的路上，有一只蝴蝶一直跟着我……"

我静静地听着。

"然后，我走到站牌时，那只蝴蝶也跟要等公交车一样，一直在我身边不愿离开，我就想说会不会是你爸……"母亲说。

她的表情有些怀念，又有些寂寞。虽然生前老是在吵架，虽然过世没多久就把他的内衣裤全丢掉了，但毕竟是夫妻啊。我微笑着这么想。但我的结论下得太早了。

"我就跟它说：'是爸爸对不对？我在这边一个人过得好好的，还不要来接我啦。'然后它好像就听懂了，又摇摇晃晃地飞向海边。"

母亲边说边笑。当时我觉得自己真是傻，居然还感动了一小下。现在回想起来我才明白，其实不管看上去如何，母亲实际上都是想念过世的父亲的。

到了陵园的出口附近，母亲看到已经无人供奉的老旧墓碑，就把手上的向日葵供在了上面，轻轻地合十双手。我一直怕她会把向日葵直接丢进垃圾桶，现在终于可以松一口气了。我们和等在事务所旁的由香里他们会合，继续往下走。一辆车经过我们四个人旁边，开往陵园。

"爬这个坡也越来越吃不消了。"

母亲发出有些疲惫的声音说。

"如果有车的话，就轻松多了啊。"

母亲的眼光追着刚刚那辆车。

"走路更健康哟。"

我像是教小孩似的跟母亲说。由香里回头对我笑。

"真是够锻炼身体的。看来我今晚可以睡个好觉了。"

母亲讽刺地说。

我也回头看着车开上陵园的方向。太阳降到山的另一边，反而使树木的绿色显得更加鲜艳。落日后的山散发出少许秋天的气息。

回到家时将近下午五点。在幽暗的玄关摆着一双没看过的、已经穿旧的廉价皮鞋。今井良雄来了，那个我大哥用生命救回来的年轻人。当我们回到起居室时，良雄将他又圆又胖的双腿折叠，端端正正地跪坐着，在佛龛前吃着自己带来的水羊羹[1]。父亲盘坐在檐廊，旁边摆着蚊香，盯着庭院里看。我们简短地寒暄过"好久不见""最近好吗"之后，散坐在茶几附近。母亲把电风扇搬到汗流不止的良雄旁边，按强风，固定方向对着他吹。一年没见，良雄看起来又胖了一些。穿着不知道跟谁借来的不合身的西装，绑着便利店买的廉价领带。佛龛前摆着被汗水浸湿到文字都糊掉了的奠仪袋。姐姐一边将麦茶倒入他眼前的杯子里，一边和气地跟他说话。

"所以明年就大学毕业了啊……"

"是的，托您的福。"良雄点点头，露出和善的笑容。我记得他重考了两三年后，考进了当地一所我不记得名字，但学费贵

---

1 日式点心的一种，在豆沙馅中混入琼脂冷却制成的更柔软的羊羹。

得惊人的私立大学。原来已经过了四年了。

"工作找到了吗？"姐姐接着问。

"本来想进媒体业，但哪里都进不去。"

良雄又露出笑容。

那张脸就像是小孩和老头的混合体，既不可爱，又不精悍。

"那个，戏剧学校呢？"

坐在电扇旁的母亲问。

"很不好意思，那个从前年起就没再去过了。"

每当开口，他的头都会点上几下。

"是吗？真可惜。"

母亲发出惊讶的声音。

"妈，你去年说过一模一样的话。就坐在这儿。"

的确，去年的忌日，良雄也驼着背，满身是汗地坐在这里。然后正如姐姐说的，母亲也为他不再去戏剧学校表示了惋惜。而她本人似乎已忘得一干二净了。

"现在我在一家小型广告公司打工，我觉得那儿应该也还不错……"

"不错啊。"

我开朗地附和他，然后看看由香里。由香里点点头没说话。

"啊不，虽说是广告，但其实都是些超市传单什么的……"

良雄很不好意思地说。父亲的背影似乎动了一下。虽然没那么热，但他从刚才起一直在扇着扇子，好像在否定什么似的。良雄发出声音啜饮着剩下一半的麦茶。

"所以已经面试过了？"

姐姐又倒了麦茶到他的杯中。

"啊，不是那个意思。我是想先这么打着工应该也还好……"

良雄把第二杯麦茶一口气喝掉。坐在姐姐旁边的纱月，像是看奇怪的生物似的直盯着良雄看。小孩真是直接又残酷。

"嗯……不管怎么说，身体健康是最重要的，是吧？"

姐姐说道。恐怕她的本意是为了让他好过一点，但在我看来，那应该只会让他感到更不舒服吧。

"不过我也就只剩健康了。"

他应该是在开玩笑吧，还没说完自己就先笑了。导致周围的人错过了该笑的适当时机。

一小段时间内，起居室里只有良雄的笑声，紧接而来的是尴尬的空当。没有任何人付出任何努力去填补那段空当。良雄将手中的杯子放到茶几上，正襟危坐。

"那时要不是纯平先生没有救我的话，就没有现在的我了。我心里真的是充满了遗憾和感激。真的很感谢，我会连纯平先生的份一起好好活下去的。"

良雄正儿八经地说完后，缓缓地点了点头，仿佛是说给自己听的。然后他背向大家，看着佛龛旁大哥的遗照敲了铃。不知道是他用力过头还是怎么回事，铃声变得非常干瘪，回荡在起居室里。良雄那又大又圆的背上满是汗水，白色的衬衫都湿透了，露出肉色。可能是那模样太好笑了，淳史一直把脸埋在自己膝盖里偷笑着。坐在旁边的出香里用手肘顶了他一下，示意他停下，但他停不下来。父亲手上的扇子不知何时已经停止了摆动。双手合十之后，良雄转过身面向大家，说："那我先告辞了。"然后将手放在榻榻米上，深深地磕了头。从他磕头的样子我感受到，他应该是把这次当作最后一次来这里了。这十五年来，他每年都会出席，从不间断。就算是有着救命之恩，以现在的年轻人来说，他也已经算是很懂礼数了。而且继续关注他的人生之路，对我们来说也是一种煎熬。应该也够了吧。当良雄拿起外套想要站起来时，他像是踢到什么似的突然向前倒了下去，发出了一声巨响。应该是跪太久脚麻掉了。"痛、痛、痛……"良雄发出惨叫，伸手像是想抓住什么。我别无他法，只好抓住眼前的手，扶着他两个人一起站起来。我的另一只手拉着他的皮带后面，就在那时，我听到了一声缝线撕裂的声音。"没事吧？"母亲发出悠哉的声音问。

"该不会是脚麻了吧？"

那种不用说出来也知道的话，母亲却偏偏要说出口。她从我们后面跟上来，这让良雄更加惶恐。在我扶着他走路的期间，他不断说着："对不起，对不起。"

走到玄关，良雄露出不好意思的笑容，说："现在已经没事了。"我不知为何觉得他很可悲，于是更想鼓励他。

"你才二十五岁而已。从现在开始努力，想做什么都没问题的。"

我说着拍了一下他的背。"扑哧"，结果发出了很恶心的声音。他的背就像洗澡用过的毛巾般潮湿，我的指间都是他的汗水。

"这个嘛，我有时也觉得自己的人生也就不过如此了……"

下了玄关穿上鞋子，他露出卑微的笑容。那不像是个二十五岁青年该有的表情。我首次对那笑容产生了强烈的厌恶感。我在裤子后面偷偷擦干沾湿的手。姐姐和母亲跟上来送客。

"明年也要来露个脸哦。"

就像今早迎接我们时一样，母亲跪在地板上，微笑着看着良雄。良雄外套穿到一半，停下动作，回过头。

"说好啦，请你　定要来。我们会等着你的。"

母亲虽然在微笑，但眼神中有一种坚定的意志，让人无法说不。她当然不可能把眼前的良雄当作我哥，那为何如此执着地让他来访呢？也许她是受不了关于大哥的所有事情正一点一滴地消失，终究成为过去吧。果真如此的话，那对良雄可说是一大折磨。

虽然脸上藏不住困惑的表情，但良雄还是轻轻地点头答应了。然后他好不容易将外套穿上，说了声："那么我先走了。"最后他又鞠了一次躬，再打开玄关门。关门的时候他又不小心用力过猛，发出巨大的一声"嘭"，使得整个玄关阵阵颤抖着。从门的另一边听到良雄小声地说："对不起。"

"又胖了呢，那孩子……"

等到脚步声远离后姐姐说。

"可能有个一百公斤吧。他背后这里都是肉……"

母亲站起来摸着自己的背说。

"他吃掉了两个自己带来的水羊羹呢，红豆跟抹茶口味的。"

姐姐竖起两根手指头说。

"还喝了三杯麦茶。"

母亲竖起三根。

我们不约而同地默默走向起居室。突然姐姐"哎"地惨叫并跳开。

"你看那里，有他的汗。啊，这里也有，讨厌，脏死啦。"

的确，刚刚良雄走过来的路上，沿途到处都有汗水滴下来。母亲从厨房拿出抹布丢在地上后，开始用脚踩着擦。

我开始觉得良雄很可怜。我自己也很爱流汗，所以能感同身受。拿在手上的纸张总会湿漉漉的，写好的字也常常因为汗水糊掉。但这是我无能为力的事情。人家大老远拿着奠仪来到这儿，还要被嫌成这样，实在很不好受。那就开空调啊，何必只给他吹电扇，又何必叫他明年也要来呢？看着用脚尖灵巧地捏起抹布的母亲，我心里这样想。

"那孩子刚刚说'要不是纯平先生没有救我的话'，应该是'要不是纯平先生救了我的话'才对吧？"

母亲看着自己的脚尖说。

"应该把二楼的骑马机送给他吧？"

姐姐吃着刚刚吃到一半的水羊羹，无所谓地说。

"好啊。就这么办吧。"

母亲突然停住擦地板的脚。

"你去车站拦他吧。"

母亲对姐姐挥着手。

"我才不去呢。小良去啊。"

明明是姐姐自己提议的，却又甩到我身上。

"我也不去，那叫什么事啊。"

我站在起居室不耐烦地说。

"为了……"

坐在檐廊的父亲面对着庭院喃喃自语。

"为了那种没用的家伙，偏偏牺牲掉我家的……能替他的明明要多少有多少。"

父亲干脆一吐为快。那已经不是喃喃自语了，很明显是说给所有人听的。我看了淳史的脸，他到现在还在窃笑。

"在小孩面前，不要说什么有用没用的好不好？"

我俯视着父亲说。

"还自以为是地说什么媒体业……"

父亲不理我的忠告继续说。

"他也没有自以为是啊。"

我尽量冷静地、像是劝导似的说。因为他真的没有自以为是。我甚至还觉得他太自卑了。

"还什么'现在的我',他现在不就是个打工仔吗？"

刚刚明明扇着扇子假装没听，现在又一句句翻出良雄的话来挑刺。

"有什么关系呢？他还年轻啊。"

我慢慢地在坐垫上坐下。

"只会把自己吃得脑满肠肥。那种家伙，活着也没什么用处！"

这句话我真的听不下去了，可是又不好在由香里和淳史面前继续跟父亲顶嘴。我大口地深呼吸，试图等待怒气消失。

"所以他一直在道歉啊，对不起，对不起的。就跟那个谁一样，

太宰治 [1] 吗？”

姐姐介入我俩之间，想要用玩笑话化解僵局。若是平时，我会感激她的拔刀相助，但今天，这却让我觉得自己被瞧不起，反而更不愉快。

“你是说林家三平 [2] 吧？”

母亲一边收拾着电风扇，一边用拳头敲着额头，点头哈腰地说：“对不起。”由香里看到那个动作忍不住大笑。在她旁边的淳史，到现在还把头埋在膝盖中间偷笑。看到这样子更惹得我一肚子气。

“跟什么太宰治啊林家三平啊有什么关系吗？”

我看着姐姐和母亲。

父亲仍旧坐在檐廊扇扇子。

1　太宰治（1909-1948），著名小说家。他曾在著作《二十世纪旗手》中写道“生而为人，对不起”。这句话后来成为日本文学史上的一句名言。

2　林家三平（1925-1980），本名海老名泰一郎，是“林家三平”这一名号的创立者，也是第一任林家三平。他是日本家喻户晓的相声家、喜剧演员、主持人，被誉为“昭和的爆笑王”，广受大众的喜爱。他的招牌动作之一就是用拳头敲着额头说“对不起”。

"我是说，不要拿别人的人生做比较……"我对着父亲的背影顶撞他，"他也是拼了命地在过活啊。人啊，哪能没有个不如意的时候？可是像爸这样子，用那种高高在上的态度，说什么有用没用的……"

我的话缺乏逻辑，显得又臭又长。这又让我多了几分气愤。

眼前的淳史小声地跟由香里说话。

"那个人的袜子，有一只穿得黑亮黑亮的。"

我没有看清楚良雄的袜子，但他跪坐着的时候，淳史似乎一直在盯着那里看。听他这么一说，姐姐也夸张地笑着说："对对，真够黑的。"淳史露出平时在我面前不会有的快乐笑容，指着自己的袜子给姐姐和由香里看。本来顾虑着我的感受所以不敢笑的由香里，也终于忍不住笑了起来。

"不准笑！"

我大叫着从父亲的方向转过身来面对淳史，就在这时，我打翻了茶几上装麦茶的杯子。

"啊？打翻了？"母亲故意说出声，将抹布丢了过来。

"生什么气啊？"

姐姐捡起抹布擦拭茶几，用责怪的眼神看向我。为什么不批判不讲理的父亲，反而将矛头指向纠正他的我呢？我实在无法释怀。

"你发什么脾气啊？老大不小的了。又跟你没关系。"

刚刚自己动了脾气在骂良雄的父亲，现在又突然装出一副大人样。

"医生就那么了不起吗？"

我已经无法退缩了，再次面对父亲说。由香里的手一边伸向纸巾盒，一边用眼神示意我"不要再继续了"。

"广告也是个正经工作啊。"

我继续说。

"如果大哥还活着，现在也说不定会是什么样呢。人生啊，不就是难以捉摸吗？"

我把母亲评论寿司店小松的那句话借过来用。不管儿子再怎么了不起，成绩再怎么优秀，活到现在的话也已经四十五岁了。

他最终变成一个平庸大叔的可能性也不能说没有。谁也不能保证大哥会继续走那条父母所期待的道路。他也不是不可能辞去医生的工作失业至今，离婚也是说不准的事。一直把大哥挂在嘴边当作理想的标准，对于必须活在现实里的人来说是一种折磨。我把这样的真心话隐含在讽刺的语气中，但可能讽刺过了头。在场的每一个人都停下了动作，起居室恢复了平静。

由香里盯着茶几不敢抬起头来。任姐姐再怎么厉害，也没办法用玩笑话化解现在这个僵局。

这时，和室的纸门悄悄地被拉开。大家转过头去，看到信夫正站在那里。他一直都在隔壁的和室睡觉，看来是被我们吵醒了。

"哎呀……我一直听到没用没用的，以为是在说我，害我都不敢出来，原来是在说良雄啊。那我就放心了。"

一口气说完后，信夫露出平时他那傻傻的笑容。那笑容化解了起居室里凝重的气氛。刚刚跟他睡在一起的阿睦披着毛毯当披风，从信夫旁边冲出来去拿茶几上的水羊羹。

停止的时间再度流动起来。

"不过，他应该瘦一点才是。"

母亲开始收拾良雄吃过的水羊羹。"是啊。"姐姐附和道。

"他很像以前的一个相扑选手，叫什么来着……"

母亲闭上眼在记忆里搜索。

"高见山？"

姐姐大声说。

"那是夏威夷人吧，演小心火烛广告的那个。不是他啦。是那个，脸像肚脐一样凹进去的……"

母亲将自己的手掌在脸前翻过来说。

"谁的脸会跟肚脐一样啊？"

姐姐看着母亲说。

"因为有一次他从土俵[1]上摔下来，没有伤到鼻子，只伤到了额头和下巴……"

1　相扑的擂台。

母亲说着，自己笑了出来。

"是不是该回去了？司机都醒了。"

姐姐的一句话让刚打开水羊羹盖子的信夫停下了动作。

"欸？要回去啦？"

"是啊。"姐姐站起来，边哼着"闭门关窗，小心火烛……"边走出起居室。那是高见山演的电视广告的插曲。我也记得。

感觉曲终人散的父亲终于从檐廊起身，不耐烦地扇着胸口经过我的背后。

"什么叫'连纯平的份一起'……谁准他这么说的……"

他还在继续念着。我猜他又要躲进诊室好一阵子了吧。信夫回和室拿外套时，从纸门探出头来说：

"良多，记得ＲＶ哦。"

他边笑边说，然后假装握着方向盘，追着姐姐跑向洋室。我无奈地迟了一拍笑回去。拿着水羊羹的阿睦也追着信夫跑了。

由香里端着托盘和母亲走向厨房。

"帮我拿水羊羹过来。"

她回头对淳史说。淳史起身走向厨房。

起居室里只剩我一个人。洋室那边继续传来姐姐的歌声，信夫和纱月快乐地唱和着。庭院里晒衣架上的塑料垫摇曳着。透着夕阳的黄色光芒缓慢摆动的塑料垫，看起来寂寞而美丽。

看着那鲜艳的黄色，我又想起了墓地的向日葵。好像只有我在耍孩子气，感觉自己像是个不懂变通，也开不起玩笑的人。不，在这个家里，我可能从小就是这样，只是现在又想起来罢了。我用指尖触碰沾满麦茶的抹布，非常冰冷。我果然不该来的，这时我心里又有了一丝后悔。

歩いても　歩いても

"没关系啦，又不贵。很轻啊。多少钱啊……不用在意啦，又不是要买两三个……"

母亲给姐姐打电话的声音从走廊传到起居室。我完全不知道她们在聊什么。本来只是打电话确认阿睦忘记带走的帽子该不该寄给他们的，结果话题一个接着一个，花了十分钟都没有说完。因为怕外卖的鳗鱼饭凉了，我们只好不等母亲回座，又继续吃了起来。

"妈妈有手机吧？"

由香里比着打电话的手势问。

"就放在那里啊。"

我用筷子指着起居室的灯桌。上面摆着一只操作简易的粉红色手机，是姐姐买给母亲的。

"从家里往外打的时候，她都特地到玄关用家里的电话打。"

父亲好笑地说。他没有动鳗鱼，只一直喝着啤酒。

"为什么呢？"由香里歪着头百思不解。

"说什么没有线的电话不可靠，真是个笨蛋。"

父亲坏心眼地用鼻子笑了一下，帮由香里倒满还剩一半的啤酒杯。由香里也笑着用双手扶着酒杯。可能是因为有人跟他一起喝，父亲从刚才开始心情就一直很好。当他们的笑声重叠在一起的时候，母亲用指尖旋转着帽子走了回来。

"她说留在这边就好了。"

母亲正要在坐垫上坐下，发现父亲和由香里在笑着。

"有什么好笑的？"

她边说边把帽子丢在房间角落的坐垫堆上。父亲说没什么，不想理会母亲的问话。他十分享受地又喝了一口啤酒，用大拇指抹掉沾在胡子上的泡沫。由香里也低着头忍着笑。母亲看到他们那样子，像是有点嫉妒。

母亲喜欢打电话——我不知道这么说到底对不对。她的确经常打电话过来，但那可能是因为我很少回家。如果我经常让她看到我，也许她就不会那么频繁地打给我了。如果说她不是喜欢打电话，而是迫于见不到我，只得将打电话作为一种替代手段的话，的确会令我有些心痛。

母亲虽然不喜欢手机，但父亲过世之后她也学会了发短信，常发短信给我。她还和阿睦及纱月发短信聊天，并开心地说："我有年轻的网友了。"

我现在还清楚地记得跟母亲打的最后一次电话。十二月二十九日早上九点刚过，我四谷公寓里的电话响起。我在床上一听到那铃声，就知道有什么事情发生在母亲身上了，然后便对自己犯的错误感到忐忑不安。电话是姐姐打来的。

"妈妈刚刚打电话过来，感觉很奇怪。我挂完电话马上叫了救护车，我现在就过去，你也赶快过来吧。"姐姐在电话那头说道。我放下话筒，在做出门的准备之前试着打电话到老家。

"喂，这是横山家。"

竟然是母亲接的。我先是吃了一惊。"怎么了？""没事，被绊了一跤。感觉好冷。"母亲的语调比平常的要缓慢，一直重复着一样的话，不得要领。"好冷，动不了了。怎么回事啊？"我什么都做不了，只能握着话筒。随后我听到电话那头救护车的警鸣声由远及近。

"救护车来了吧？""是吗？""姐姐帮忙叫的。""真讨厌，好丢脸啊。""不是说这种话的时候吧。"我有些不耐烦地在电话前等着。过了一阵子，救护队员走进来接过电话。我告诉他我马上过去，并请他告诉我母亲要被送往的医院。后来我才知道，当时母亲还亲手把健保卡交给了救护队员。她明明坐在走廊连站都站不起来，到底是如何把放在电视上的健保卡交给救护队员的？我和姐姐都百思不解，但的确像是能干的母亲的作风。

母亲倒下的一周前，父亲难得地打电话来。我接起电话说："喂？我是横山。"父亲没表明身份，只问："近来……好吗？"我从那句话知道是父亲打来的。"嗯，还过得去。"我说。父亲难得会自己打电话过来，我感觉他当时跟平常有些不一样。我问他："怎么了？脚好点儿了吗？"他没有回答我，只在嘴里嘟囔了一下，随即切入正题。

"关于你妈的事……"

"啊……你不用操心啦。"我马上开朗地接他的话。

"我昨天还和她通电话呢，她好好的啊。"

对于我的回答，父亲却说："其实并没有……"

"是吗？"

父亲严肃的语气，让我开始不安。

"嗯，我觉得差不多会在二十八日左右吧……"父亲清清楚楚地说道。

就在这时，我醒了。那是一场过于真实的梦，梦里父亲的声音还言犹在耳。父亲其实前一年就过世了。在梦里面的我，感觉也是在知道这一点的状况下跟他对话的。我起床洗完脸后，二十八这个数字还清楚地留在脑海里。十二月二十八日是我的工作最终收尾的日子。我原本的计划是和编辑部的同人小小地庆祝一下，然后回家大扫除，写贺年卡，三十一日再和由香里、淳史一起回母亲住的老家过年。虽然我不想太在意那个梦，但一直到二十八日，我还是每天发短信给母亲。她也一如往常地回我的短信，关心我的身体和蛀牙。于是我就松了一口气，也没有回去看看状况。明明父亲已经预先警告了我，我却觉得反正再过三天就要回去了。若现在回去就应该会一直待到过完年吧，这是我想避免的。我已经没有多余的精神和体力花这么多时间在母亲身上了，那时的我是这么想的。后悔，或说是罪恶感，一直到现在都还没消失。说实话，我也不知道当她倒下的时候，若我在旁边到底能帮上什么忙。但在那之后，我不知道梦到了多少次抱着母亲等待救护车来的梦。这个梦一直纠缠了我三年才终于消散。我从这里面学到的教训是：人生总会犯下不管付出多少代价都无法挽回的过错。但我真正领悟到这点，又是更以后的事情了。

　　　　　　　　　　　　　步履不停

母亲在坐垫上坐下，打开盖子，继续美美地享用只吃了一口的鳗鱼饭。

"他们应该吃完晚餐再走的……"

父亲说道，言外之意是责怪没有挽留姐姐他们的母亲。不，也许父亲没有这样的意思，但至少在母亲听来是这样的。

"这样不是挺好的吗？那么多人吵吵闹闹到晚上，受不了的是我们自己吧？"

所谓的"那么多人"，实际上也只有四个，和我这边的家庭只差一个人。由香里似乎也注意到了这一点，突然停下筷子，像是改了什么主意一样带着笑看着淳史。

"白天吃寿司，晚上吃鳗鱼饭，好丰盛啊……"

淳史没回答，默默动着筷子。

"早知道就不做那么多天妇罗了，真是浪费。"

母亲回头看着厨房说。

由香里听到后露出了失落的表情，像是在说"完了"。她听出来，在母亲心里，午餐的主菜终究是天妇罗，而不是寿司。

"要不我带一些天妇罗回去好了……"

由香里还想挽回刚才的失误，继续说。

"天妇罗已经不好吃了，都软了……"

母亲没有正眼看由香里，用筷子搅动着汤。由香里困扰地看向我。我用眼神示意她不用在意，母亲一向这样，然后将注意力集中在鳗鱼上。

"叫'松[1]'是对的。'竹'以下的话才不会给鱼肝汤呢，只有那种速食汤。"

母亲说完，发出声音喝起汤。听了那个声音，父亲面露不悦。父亲总是抱怨母亲吃饭没有规矩，叫她不要发出声音，不要把饭跟菜同时放进嘴里等。母亲不在场的时候，父亲还常说不能把孩子交给她那种人教养。但母亲也常常在他不在场时说："明明饭菜一起吃比较好吃啊。"

"呃……这个能吃吗？"

1　日式套餐通常以"松""竹""梅"区分等级，"松"是最高级的。

淳史很恶心地夹起汤内的鳗鱼肝给由香里看。

"嗯，吃是可以吃啊……"

由香里对着淳史笑了笑，歪头表示只不过不知道味道怎样。

父亲听了这样的对话，看着旁边淳史的碗。

"不用勉强哦，爷爷帮你吃掉。"

父亲"啧"地舔了一下自己的筷子，不客气地伸进淳史的碗中夹起鳗鱼肝放进嘴里。淳史的视线在父亲的嘴角和被筷子沾到的汤碗之间来回看着。母亲可能感觉自己刚称赞过的鳗鱼肝被父亲否定了，一瞬间露出生气的表情。

"那奶奶分一点鳗鱼给你好了。"

母亲装出笑容，夹了一片自己的鳗鱼放到淳史的鳗鱼上。

"哎呀，真好。"

由香里又笑了。这次换父亲不高兴了，原本是出于善意帮淳史吃掉鳗鱼肝的，现在这样不就变成爷爷抢了孙子的东西吃了吗？

又开始了……我这么想，试图尽量远离那个纠结的状况。我一向把眼前这两个人的互动，当成是屏幕那头正在上演的电视剧。这是我长久以来养成的习惯。我没有姐姐那样的能耐，还可以加入他们，开开玩笑去缓和气氛。由香里当然也还没学会那样的高超伎俩。但她还是不断做着无谓的努力，希望造就一个其乐融融的餐桌气氛。

"我吃不下那么多饭。"

母亲呢喃着，突然将米饭倒入我的饭盒中。鳗鱼被米饭盖住了一半。

"喂，妈，哪有把饭从上面盖下来的……"

我无奈地说到一半就放弃了。并不是我吃不下那么多饭，只是饭盖在菜上面，看起来当然比较难吃，但母亲是不会讲究这种细枝末节的。

"吃到肚子里还不是一样。"

她似乎发现了我的不满，开始替自己找借口。不，与其说是找借口，更像是在责怪我竟然会在意这种小事情。我只好将母亲的白饭拨到旁边，挖出下面的鳗鱼送进嘴里。

"她啊，一直就是这么粗枝大叶的。"

父亲像是自己遭难似的愤慨起来，用筷子指着母亲说。

母亲听到父亲借我的事对她发难，似乎一下赌起了气。

"什么粗枝大叶，你真好意思说啊……"

母亲没有继续说下去，取而代之的是调侃的笑容。由香里交互地看着他们两个人，似乎想要插话进去。

父亲像是发觉了这件事，对由香里说："我带她去听演奏会，结果她睡着了，还打呼噜。她就是这么个人……"

由香里不知道该怎么回应，索性低头沉默着。

"那都是多久以前的事了啊？"母亲嘴里塞满了鳗鱼回嘴。我从口袋里拿出手机，开始查询明天的电车换乘信息。我希望中午以前可以赶回去。并不是说有什么特别要紧的事情，只是如果拖拖拉拉的话，我怕明天中午也要在这种气氛下吃午餐。那是我无论如何都想要避免的。

"隔壁房间有好多唱片啊。"

由香里对着父亲转移话题。应该是下午大家在看照片的时候发现的吧。唱片机旁边的柜子上,的确是塞满了老旧的黑胶唱片。

父亲听到后眼睛突然亮了起来。

"我年轻的时候的确收集了不少……"

正当父亲打算讲起关于唱片的老故事时,母亲赶紧见缝插针。

"那只是装饰而已啦。现在根本就不听了,纯粹是占地儿……"

母亲说着,视线没有离开鳗鱼。父亲的笑容逐渐僵硬了。

"说到医生,给人的印象好像都是听古典乐?"

由香里征求附和似的看向我,加了句:"是不是啊?"但我只含糊地回她:"嗯。"然后不耐烦地继续看向手机屏幕。我想让她早点知道,这种努力都只是白费力气而已。

"说是医生,实际就是个乡下的小大夫……"

母亲还不放过,故意伤害父亲的自尊。父亲的说法是,在小诊所当医生可以拉近和病患间的距离,能使人与人之间产生联系的医疗,才是正道。可是母亲只用"他是在升职的竞争路上败下来了"这句话轻易地下了结论。要在他所属的大学医院里生存下来,成为教授或部长,需要的当然不只是技术,还需要可以跟上司、下属打交道的政治手腕。那正是父亲的弱项，而他也不曾下功夫去克服自己的弱点。父亲自己知道，所以被母亲这么一说，他也愣了一下，然后沉默不语。

"可是家里有医生在的话，万一发生什么也比较放心吧。"

由香里还想帮父亲打圆场。

"根本不是这么一回事，他自己还忙不过来呢。自己儿子在生死关头的时候，他也不在旁边啊。"

母亲不看父亲，也不看由香里的脸，说："来吃这个。"母亲夹起腌黄瓜放到淳史的饭盒里，温柔地对着他笑。父亲放下杯子面对母亲。

"我有什么办法？当时一下子涌进来那么多食物中毒的急诊患者……"

这样的对话在这十五年间已经重复了几百次，是个完全无解的话题。

"你啊，你是永远不会了解工作对一个男人来说有多重要的……"

父亲撂下这句话。我想，这四十年来只要两个人之间有任何争执，最后一定是靠这句话单方面画下休止符。

不过现在想起来，我也会有些怜悯每次都不得不说到这份上的父亲。父亲终究是父亲，对于无法见到儿子最后一面这事，无论身为父亲或医生都一定是后悔且自责的。一直到死为止，在他心里都会是个无可弥补的缺憾吧。那同我之后在母亲身上感觉到的东西比起来，也许要更加深刻、残酷。但当时的我和母亲当然不可能察觉到那么多。光是自己的感情就快让我们承受不住了。我甚至是下意识地不去面对它，当作什么都没看到。

"那当然啊，我从来没工作过嘛……"

母亲先抢了父亲每次会接下去的台词。

"不过如今某人也没工作了哦。"

她嘲笑似的加了这么一句。那真的是很残酷的一句话。自从父亲不得不停止工作之后，这家里的权力关系似乎完全逆转了。问题是父亲并没有老到可以接受这件事，也没有那样的包容心。然而母亲又很缺乏温柔。我不知道这对夫妻之间到底是从何时，在哪里开始出错的。虽说是通过相亲认识的，但也是接受了彼此才结婚的，应该不是一开始就不对付吧。我边看着手机屏幕边想着这些有的没的。这时，由香里突然从旁边抢走我的手机，维持着她原本的笑容，将我的手机放在她另一侧的榻榻米上。我像是个挨骂的小孩，很不好意思地偷看坐在前面的淳史。淳史一边听着大人们的对话，一边面不改色地用筷子戳着鳗鱼。

"您还听些什么歌呢？"

由香里再次面对父亲，很牵强地将话题导回音乐。

"爵士乐……吧。"

父亲总算平复了情绪，思索着说。"是吗？"由香里饶有兴致地点了点头。

这让父亲的心情好了一些。

"都是些老歌啦，像是迈尔斯·戴维斯[1]那种的……披头士[2]

1　迈尔斯·戴维斯（1926-1991），美国爵士乐大师，爵士乐史上的里程碑式人物。
2　英国摇滚乐队，别名甲壳虫乐队。由约翰·列侬、保罗·麦卡特尼、乔治·哈里森和林戈·斯塔尔组成。世界上最著名也最成功的摇滚乐队之一。

我还勉强可以接受。但说到最近那些什么饶舌还是嚼舌的，那根本就称不上是音乐。"

由香里对父亲这句话点头称是。

"唱卡拉ＯＫ的时候倒是会唱演歌[1]呢，这个人……"

母亲又泼了冷水。

"卡拉ＯＫ？"

听到这意外的词，连我都抬起头看母亲。

父亲再次板起面孔，默默地喝着啤酒。

"岛津先生的贺年卡里写了啊，说想再听到横山老师唱的《昂》[2]。"

母亲大口吃着鳗鱼。岛津先生是父亲的大学同学，现在应该是在千叶开个人诊所。想必父亲是在同学会续摊的时候去了卡拉ＯＫ，在同学们的簇拥下醉着唱的吧。

---

1 日本特有的一种歌曲，可以理解成日本的经典老歌。它融合了古典、民族和现代等多种元素，是日本古典艺能到现代流行音乐的过渡。
2 日本歌手谷村新司发表于一九八〇年的知名歌曲。单曲创下六十万张销售佳绩，后来被翻唱成各种语言。邓丽君曾将之翻唱为粤语歌曲《星》。

"别偷看别人的明信片行不行？"

父亲像是做恶作剧被抓到的小孩似的嘟着嘴说。

"写在贺年卡上当然会被看到啦。不喜欢被看就请对方装在信封里寄啊。"

母亲在嘴上占了便宜，还问由香里的意见。由香里困惑着不知该怎么回答。

居下风的父亲看起来令人同情，但想到他平时趾高气扬的，偶尔看看他处于劣势的样子也不错。

"演歌吗……"

我的语气中可能也多少含有一吐平日怨气的情绪在。

"《昴》可不是演歌。"

父亲意气用事地正脸看向由香里。

"《昴》才不是演歌呢。"

他反复地强调。由香里被他的气势所逼，只好深深地点头。那种小事真的无所谓吧，我这么想。母亲应该也是，所以她完全不理父亲，任他坚持己见。淳史时而抬起头看看父亲、母亲、由香里，然后又低头看饭盒。

"有没有什么承载了二老回忆的曲子呢？"由香里还在努力，试图让气氛缓和下来。

"哪有那种花哨东西。"

父亲挥手否定。

"有啊，有一张唱片。"

母亲突然对由香里说，嘴角还泛着笑意。

"是什么呢？"

由香里可能以为父亲只是不好意思说，所以好奇地倾身追问。

"流行乐，能勾起回忆的。想听吗？"

母亲不等她回应，径自起身离开起居室。楼梯上传来她走上二楼的脚步声。由香里似乎很欣慰自己提出的话题有所进展。

母亲离席后，起居室突然变安静了。父亲终于打开饭盒吃起鳗鱼。六片榻榻米大的起居室里，只听得到四个人吃饭的声音。率先打破沉默的是父亲。

"她去年被骗去邮购了张什么《昭和流行乐大全》……"

父亲由于无法预测母亲等一下要做什么，所以显得忐忑不安。为了不让由香里他们察觉到，他只好自己先开口。

　　"一套三十张。不知道花了多少钱……"

　　"我在我房间里看到了。"

　　身为被害者之一的我，不得不在这里发表个一两句。

　　"一次都没听过，肯定的……"

　　我做出一副"我就知道"的表情。父亲看到后，板起脸看向天花板。

　　靠着说母亲的坏话，我和父亲在这一天终于有了交集。

　　"我才不是被骗呢，真没礼貌，把人家说得好像痴呆了……"

　　母亲没有任何前兆地突然出现在起居室。看来是故意放轻脚步下楼梯，躲在门后面偷听我们的对话吧。她这种习惯真的很奸诈。父亲不禁将已经到嘴边的话又吞了回去。母亲从背后拿出张唱片在我眼前晃了晃。

　　"嗯？谁的曲子？"

　　母亲故意卖个关子，又把唱片藏到背后。

"你帮我去用里面那台唱片机放。"

她指着楼梯下的洋室。

"现在？"

我连鳗鱼都还没吃完。可是母亲站在我面前，没有要坐下来的样子。

虽嫌麻烦，我也只好站起来，从母亲手里拿过唱片。是张老单曲黑胶唱片。外面的塑料包装满是灰尘。

"唱针已经生锈了吧？"

"没问题，可以听的。"

母亲干脆地答道。

我走过走廊，开了洋室的灯，打开音响唱片机。

"是什么曲子呢？"

起居室里的由香里再次问父亲。

"跟我没关系。"

父亲又回到了平时那个闷闷不乐的样子。

"当然跟你有关系。"

母亲一直在卖关子。

我把唱针轻轻地放在唱盘上。我平时只听ＣＤ，所以有些莫名的紧张。我看着开始旋转的黑胶唱片，就这么站在那里。随后响起了曾经听过的前奏。

我一边看着包装上的歌词，一边回到起居室。

"妈，这首曲子……"

母亲举起左手制止我说下去，然后竖起食指，示意我安静听。我只好乖乖地坐下。母亲闭着眼，等待曲子开始。

街上的灯火 多么美丽

横滨 蓝色灯光的横滨

与你在一起 真是幸福

"这是什么时候的曲子来着？"

由香里可能也听过，她一边随着旋律轻轻点头一边问母亲。

"七〇年左右吧，大阪世博会之前不久。"

母亲边回答，边将筷子的包装纸折成纸船。

像往常一样 爱的话语

横滨 蓝色灯光的横滨

请给我吧 你爱的话语

"妈，我记得你以前偶尔会哼这首歌。"

听到我这么说，父亲突然停下了筷子。母亲不发一语地继续折纸船。然后到了副歌的地方，她小声地跟唱起来。

步履不停 像小船一样

我摇荡着

摇荡着 在你的怀抱里

步履不停

父亲拼命地将凉了的鳗鱼扒进嘴里。淳史看到那副模样，窃笑着。自己提出的话题至少让现场的气氛走向了平和的方向——由香里似乎将状况理解成了这样。只有母亲一个人随着洋室传来的歌声快乐地摇摆着身子。

追随我的 只有脚步声

横滨 蓝色灯光的横滨

温柔的亲吻 再来一次

石田步[1]唱的《蓝色灯光的横滨》是我小学时流行的曲子。对小孩来说那歌词十分难以理解。但对于住处周围都是田地和工厂的我来说，横滨这个地名给了我一种现代都市的印象。我不知道母亲是否真的喜欢这首歌，我也不知道这首歌在她和父亲之间到底有怎样的回忆。只是，我记得有那么几次，听过母

---

1 石田步，生于 1948 年，本名石田良子。日本资深女歌手、女演员。至今仍活跃在日本演艺圈。

亲哼这首歌。

"我们去车站接爸爸好不好？"

大约在吃完晚餐之后吧，母亲突然说道。那时父亲在医院的工作很忙，每天都要加班，很少在午夜前回到家。我们从来不曾去车站接过他，这次到底是怎么一回事呢？我这么想着。可是对时为小学生的我来说，光是可以逛夜晚的街道就让人兴奋不已，所以我连洗完澡的头发都没擦干，就跟在母亲后头去了。我们走在大部分店铺都已经拉下铁门的商店街上，大约走了十五分钟才走到车站。东武东上线的"上板桥"。在这站的出站口，我们目送了几班电车离去。父亲并没有用电话告知我们他会几点回来，所以说要去接他可能只是借口，现在回想起来，母亲只是想离开家走一走吧。当时的我根本没想那么多，只是拼命往站台看，想比母亲早一步发现下车的父亲。我们就这样大概在那里站了一个小时左右。

"回家吧。"

母亲突然说道，脚下已经同时迈开了步子。

我只好追着母亲的背影也开始走。回程路上，她在站前的商店街买了棒冰给我，跟我说："不可以跟纯平他们说哦。"

穿过商店街，从街角那间同学家开的眼镜店右转，就是我熟悉的上学道路。有一条小溪从道路下方穿过，道路两侧的溪水在下雨时会水位高涨，漫到人行道上来。我们总喜欢背着书包穿着雨鞋，故意在桥上踏着水玩，现在想起来真是危险。就在经过那座桥的时候，母亲突然哼起歌来。正是那首《蓝色灯光的横滨》。母亲的凉鞋踩着柏油路，在那脚步声的伴奏下，她的歌声显得特别哀伤。也许正是因为如此，我那时完全不敢吭声，只是静静看着她哼歌的背影，走在离她稍微远一点的地方。我现在很想知道，母亲当时是用什么表情哼这首歌的。但留在我记忆里的，只有那歌声、凉鞋的脚步声，以及她白色的小腿。

关于音乐的话题没有再继续下去，晚餐就这么结束了。

"喝完酒马上泡澡可对身体不好啊。"

父亲没有理会母亲的忠告，早早进浴室去了。他可能一刻都不想多留，想赶快一个人独处吧。淳史开始在檐廊玩游戏机，那是他饭后的固定功课。结果，他后来连一口鳗鱼肝汤都没动。我在姐姐的房间躺下来休息。在厨房洗完碗盘的由香里进到房间来，在我身边坐下。

"刚刚妈不是说'没问题，可以听'吗？"

我把从那时起一直挂在心上的事情讲给她听。

"我猜啊，她一定是一个人在家的时候常放那张唱片。你不觉得光想起来就有点毛毛的吗？"

我一边说着，一边回想刚才母亲的表情，那就像是看着父亲狼狈的样子而暗自痛快似的。

"没觉得啊……"

由香里的答案出人意表。

"那也没什么不一般的吧。"

"是吗？"

我只坐起上半身，窥视着她的侧脸。

"任谁都有这种东西吧，想要自己一个人躲起来偷偷听的歌什么的。"

由香里看着前方说。嗯……但我还是没有完全被说服。

"是这样吗？"

"当然。"

由香里的回答充满了确定。

"所以你也有咯？"

她没有回答我，只静静地笑着。

"是什么？告诉我嘛。"

我凑近身子问她。

"秘——密。"

由香里仍然看着前方。我无奈地又在榻榻米上躺下。

"女人真可怕啊……"

"人啊，都是很可怕的。"

由香里终于将视线转向我。想必她也会在我不知道的地方，一边回想我不知道的回忆，一边听着歌然后跟唱吧。其实我对这件事本身并不会嫉妒。我们都各自活了三十几年不相干的人生，我当然是接受了这一切才会跟她在一起的。只是，当她可以那么若无其事地把这种事说出来的时候，我会觉得她在人生路上比我要老练许多。也许，我这辈子都无法了解女人这种生物吧。

　　把碗盘全部洗完后，母亲一个人坐在厨房的桌子前织蕾丝。桌子上，阿睦捡来的百日红插在水杯中，在那下面也垫着蕾丝的杯垫。一定是母亲手工做的吧。我经过母亲身边，走到燃气灶前开了抽风机，点了根烟。

　　"现在应该有夜间赛吧？我在屋顶上装了这个，能看ＢＳ[1]的。"

　　母亲没回头，但用双手比了一个大圆。看来不只是父亲，连母亲都以为我到现在还喜欢看棒球。

　　"不用了……"

1　指卫星频道。

我故意漫不经心地回答。

"最近的电视都没什么好看的，根本不好笑却一堆笑声。那是后来加上去的吧？"

"好像吧。"

我用很无所谓的态度敷衍她，然后从胸前口袋里取出一万日元钞票，递到她脸旁。

"给你。"

她没有停下手头的工作，只稍稍回了一下头。

"干什么？"

"买点你喜欢的东西吧。"

"哎哟。"母亲用惊讶的表情看着我，终于停下了手里的动作。

"能从儿子手上拿零用钱，真高兴啊……"

母亲抬头看我。她看起来真的很开心。

"没有啦，因为每次都让你破费，所以……"

由于母亲表现得太过高兴，反而让我觉得有些内疚，只好说出那样像借口般的话。

那是我第一次，也是最后一次给母亲零用钱。而且严格说来，那还不是我的钱。那天我现金不够，是由香里从她的皮包里拿出来给我的，真是丢人。母亲当然完全不知情，据说隔天早上还马上喜滋滋地打电话给姐姐跟她炫耀。母亲用那一万日元买了一件淡紫色没什么品位的外套。"这是用你给我的钱买的哦。"过年回家时她还特意打开衣柜给我看。只是我一次都没有看见她穿过。"这是重要场合才穿的啊。"她对姐姐这么说过，也可能是想要等到某次跟我一起出门时再穿吧。只是那样的机会终究没有来临。母亲过世后，我处理了她的衣服。可直到最后，我都犹豫着不知该怎么处理这件淡紫色外套。最终，我将它放进了母亲的棺材中。

就像相扑选手在土俵上领取悬赏金时一样[1]，她用手比作刀在

1　相扑选手赢得比赛，领取赏金的时候，依照习俗，都会用手刀在眼前垂直地画三次才领取赏金。据说那是在用手刀写一个"心"字，也有说那是为了向掌管胜利的三位神明表达感谢之意。

钞票上切分比画了三下后，将它小心翼翼地放入口袋中。

"到底叫什么来着……那个脸像肚脐的相扑选手……"

可能是在模仿的过程中想起来了吧，她又开始提傍晚的话题。

"你还在想啊？"

我惊讶地说。

"听说这种事放着不去想会变成老年痴呆啊……"

她边说着，又开始织蕾丝。

"若乃花？"

我去餐橱拿烟灰缸的时候随便猜了一个相扑选手的名字。

"不是。"

"北之富士？"

我拿着银色烟灰缸回到洗碗槽那里，像是参加猜谜游戏似的回答。

"那个不是很帅吗？不是他啦，我说的是长得更讨喜的那个……"

母亲把脸皱在一起给我看。

我看了一眼那张脸，觉得实在太好笑，忍不住笑出声来。母亲也耸耸肩笑了一下，然后又继续织蕾丝。淳史还坐在檐廊玩着游戏。"那个……"我小声地向着母亲的背影说话。

"良雄……也差不多了吧？"

母亲没有停下动作。

"不要再叫他来了吧？"

"为什么？"

母亲平静地问。

"觉得有点可怜啊。来见我们，他也不好受吧……"

说实在的，我不想再看到那卑微的笑容了。我们一家人也很难在他面前表现得快乐自在，也没有必要继续这样的仪式了吧。

"所以我才要叫他来啊……"

母亲低声说。我花了一些时间，才理解了她的意思。

"岂能让他过了十来年就忘记啊？就是他害死纯平的……"

"又不是他……"我说到一半，母亲制止我，自己继续说下去。

"一样的。对做父母的来说都一样。没有人可以恨的话，就只能自己承受痛苦了。就算我们让那孩子一年痛苦个一次，也不至于会遭天谴吧……"

母亲用跟刚才相同的节奏动着编织针。她那粗粗的手指头，在日光灯下看起来就像是跟她无关的独立生命体，感觉有些诡异。

"所以，不论明年、后年，我都会叫他来的……"

刚才跪在玄关时那个微笑的表情，原来代表的是完全相反的意思。我察觉了这件事，感到毛骨悚然。

"你每年都是带着这种想法叫他来的吗？"

我的声音也许有些颤抖。

随后我说了句"太过分了"。与其说是对母亲的责难，更像是在叹息。

"有什么过分的，那很一般吧……"

母亲的语气倒像是在责怪我为什么无法了解她的心情。她自己可能还没发现，她的悲伤已经随着时间发酵、腐烂，成了连亲人都无法认同的样貌。

"搞什么啊？每个人都跟我说'一般''一般'的……"

"你当了父亲就知道了。"

"我就是父亲啊。"

我有点意气用事地说。

"我说的是真正的父亲。"

母亲说道。我从她的背影感觉到一种令人无法靠近的坚定
意志。在这里，我还是被当成一个不成熟的小孩子。

"什么意思嘛……"

我把烟吐向抽风机。这时，浴室传来开门的声音。

"啊，爸爸出来了，你快去洗吧。"

当母亲回头这么对我说时，她已恢复成平常的样子。"哦。"
我无奈地回应她。她怎么能在说了那么过分的话之后，马上转到
洗澡的话题呢？我觉得这件事比她那扭曲的感情本身，更能显示
出她心里的黑暗是多么深不见底。

"对了，王子也一起洗吧。"

"王子？"

我马上了解到，她指的是淳史。

"嗯，就这么办吧，难得浴室那么大呀。"

母亲站起来，大声对走廊喊："由香里小姐——"

"嗯——"在短暂的间隔之后传来了由香里的回答。

"平常都是分开洗的。"

我有点不安地搔了搔头。如果从小就一起洗也就罢了，过了十岁才第一次一起洗澡，应该彼此都会有所踌躇吧。如果是像外面澡堂那样的地方就不会尴尬了，但家里的浴室是无处可逃的。

"真是的，至少在这种日子要让儿子先洗啊。一天到晚都无所事事的，根本不用每天洗澡的嘛。真是浪费热水……"

从椅子上站起来的母亲一边将杯子从餐橱里拿出来，一边从抽屉里取出父亲要吃的药，嘴里还不忘念叨父亲的坏话。

这时，由香里走过来问："妈妈，怎么了？"

"让淳史君跟良多一起洗吧。"

在我裹足不前的时候，事情正一步步以母亲的步调往前进行。

"是……"由香里似乎察觉了我的心思，边回答边睁大眼睛看着我的脸。

"一直都是分开洗的……"

我哀求似的看着她的眼睛。

"我等会儿把你的睡衣拿出来。"

母亲用手背拍了一下我的腰，走向和室。

"没事，我今天带了 T 恤。"

"你就穿睡衣吧，我特地买的。"

母亲打开和室的柜子开始准备。

"在哪儿买的？"

她不回答我，只轻轻地笑了一下。我有点担心，追着母亲走向和室。

"肯定是在站前的大卖场吧？让我看一下。"

我一个人在东京生活时，偶尔返乡，她都会准备一些浅色系运动服，或是老头子爱穿的那种钻石图样的开衫之类的衣服。

当然，母亲只是为了它们的功能性而买的，但那品位实在是差到令人不得不怀疑她是故意要耍我。这种东西，母亲通常是在站前一家超市二楼的衣服大卖场买的。至少也要去横滨买吧，真是的。

"给你看，给你看……"

我的不安让母亲觉得很好笑。

"哪一件？"我探头看着抽屉里问。

"你喜欢这颜色吧？"

母亲拿出来给我看的是一套水蓝色毛巾质地的睡衣。

我忍不住倒退了两步，发出"呜哇"的一声。

母亲听到了我的声音。

"可是这很吸汗啊。"

她边说边摸着睡衣的胸口附近。我思索着如何在不伤害母亲感情的前提下不穿这件睡衣。我看向留在厨房的由香里。

她温柔地看着我和母亲的互动，然后转头看向坐在檐廊的淳史。

"淳史，去洗澡好不好？"

她笑着问道。

"浴缸很小的，不知道塞不塞得下两个人……"

我看着由香里的背影呢喃着。她坐在榻榻米上，从带来的行李里拿出换洗的衣物。我站在姐姐房间的门口，还没做好一起洗澡的心理准备。"喏。"由香里没有回头，将所有换洗衣物摆在榻榻米上。我蹲下来拿上，无奈地走出房间。淳史应该先我一步走向浴室了。我看着手中的衣物，发现只有淳史的份，所以我又走回了房间。

"欸？我的 T 恤呢？"

"可是……你不是有母亲准备的睡衣吗？"

由香里还是没有回头。她正在整理行李中的毛巾和化妆品之类的。

"不用啦，不穿也没事……"

应该说，我是很积极地不想穿上它们。

"你就穿吧。母亲特地为儿子买的呢。"

由香里的语气中不寻常地带着刺。

"嗯？你在生气吗？"

由香里还是背对着我。母亲对儿子的爱会令媳妇嫉妒，这种情节我常在电视节目上看到，但从没想过有一天会发生在自己身上。平时保持理性甚至有点不食人间烟火的由香里，竟然也会有这种凡人的情绪反应，说实在的，我还有点高兴。

"她每次都这样啦。可能还想把我当小孩一样照顾吧。"

我想走近她，把手搭在她肩上。

"我不是在意那件事！"

由香里的语气中清楚地表达出怒意。

在那个气势的压迫下我停下了脚步。

"那不然是什么？"

"既然都要买睡衣，为什么不连淳史的一起准备……"

由香里一边折着衬衫一边说。

"今天也是，每次叫淳史她都要加上'君'字。"

的确，对阿睦和纱月，母亲都是直呼其名。但只有对淳史，她总是客套地加上"君"字。可是那应该是因为她只见过淳史几次面，出于一种礼貌而已吧。

"你想太多了。她只是没有顾虑得那么周到罢了。"

由香里并没有被说服。

"你看，牙刷她都准备好了，三支。"

我指着洗手间说。

原来如此，为人母亲，就是会在意这些小细节，我真的是上了一堂课。然而，对于她在乎的仍是淳史而不是我这件事，说实话也让我稍微有些失落。

"给我嘛……我的 T 恤。"

事到如今，由香里也变得固执了。

"拜托啦……"我恳求似的说，但我也知道不会有任何效果。

这时，和室又传来了母亲的声音："由香里小姐。"她说过下次我们来的时候要把和服给由香里，所以一定是关于这件事。

"嗯。"由香里回头答道，然后拉上行李的拉链，站起身。她不看我的脸，经过我身旁小步跑往和室的方向。我看着眼前的行李，犹豫着要不要从里面拿出自己的 T 恤，最后还是作罢。

打开洗手间的门，淳史正在脱衣服。我用眼神打了个招呼，然后很没意义地看着镜中的自己整理头发。

脱掉内裤的淳史跳上放在浴室入口附近的体重计。

"几公斤？"我问镜中的淳史。

"秘密。"

他说完便打开了浴室门。

"喂，拿去。"

我把刚才由香里给我的毛巾递给他。洗脸台旁，放着刚才父亲用过的被揉成一团的毛巾。

"不抻平了晾，会发臭的。"

母亲每次都会念叨他，可是看来没用。我脱掉袜子，像淳史一样站上体重计。我今天午餐和晚餐都在母亲的劝进下吃了不少，搞不好胖了一些。在指针还没停止晃动之前，门突然打开，父亲走了进来。他好像也很惊讶我在那里，但他完全不形于色，在洗脸台拧干自己忘在那里的毛巾。我不理会父亲，背对着他径自脱衣。

"工作不顺利啊？"

父亲突然问道。我故意撇开视线。我今天应该没有露出任何破绽让他发现我失业了才对。就算我偶尔接电话，说的也都是跟工作有关的事情，所以他应该只是没话找话聊吧。

"还好啊。"

我极力故作镇定。

然后我还反问："为什么这样问？"

"没事。那就好……"

父亲没多说，然后果不其然地又沉默了。

"不用担心啦。我跟以前不一样了。"

确实，我在三十岁以前都无忧无虑地过着没有稳定工作的日子，在金钱上也给他们造成了不少困扰。但我不想永远都停留在那个不可靠的形象。

父亲沉默着拿了毛巾出去。可是又马上回到门前。

"你啊……"

被父亲这么一叫，我停下了正要脱裤子的手，回头看他。

"偶尔也该打个电话，至少让你妈听到你的声音。"

这种话从父亲嘴里说出来是很难得的。我忍不住看着他的脸。他的眼神不像平常那样充满威严，而是带着些许的迟疑和怯懦。

"每次打她都会没完没了地一直抱怨……"

有时候母亲在留言中说有要紧事，结果担心地打过去，她却说了半小时邻居的坏话或以前的事，那真的很令人受不了。

"你就听听又能怎么样？"

父亲像是有些生气。对于他的反复无常，我还真有点恼怒。

"那不是我的责任吧？"

可能被戳到了痛处，父亲又沉默了下来。

"拜托你们两个好好相处吧，别把我拖下水……"

我把我的真心话说了出来。虽说是儿子，但我不是那种会插手该由夫妻自己解决的问题的老好人，况且我也没那么闲。我光应付自己的人生就已经筋疲力尽了。父亲不知道有没有听进去，闷着头准备离开。

"还有啊……"

我对父亲准备离去的背影说。他又走了回来。

"关于偷摘玉米的事，说那句话的是我，不是大哥……"

我又提起了中午的事情。

"是吗？"父亲讶异的表情更令我生气。

"是的。"

我有些气愤地说。

"是谁说的有什么关系吗？那种小事。"

在想了一阵子之后，父亲说道。

虽是小事没有错，但我作为说出那句话的本人，当然会无法释怀。我们都把气闷在心里，沉默地看着彼此。

"小良，水太热了，没法泡。"

这时，浴室里传来了淳史的声音。

这段时间里，他一会儿舀出浴缸里的水，一会儿从水龙头放凉水进去，但似乎不太顺利。

"好，我现在就过去。"

我故意发出温柔的声音，脱掉 T 恤。这是在向父亲示意"你赶快出去吧"。

"事到如今，那种事的确已经无所谓了……"

我也撂下了这句话。

父亲用力地关上门，发出重重的脚步声。看来这次终于回到走廊去了。

我和淳史并肩泡在浴缸里。再怎么挪位子，我们的肩膀还是会碰在一起。我们没话题可聊。我时而抬头看天花板，时而开窗、关窗，或用毛巾擦脸，可一直没能平静下来。淳史反而是直盯着自己的手掌，用指尖搓揉着。

"扎刺了吗？"

我担心地看向他的手掌。

"如果可以这样握到痣，听说就会变有钱人。"

淳史右手大拇指的根部附近有一颗小小的痣。如果弯起食指跟中指，指尖就可以微微碰到那颗痣。

"奶奶说的？"

我试着问他。

"嗯。"淳史点点头。

"你看。"

我也把自己右手的痣给他看。

"我也是，听你奶奶的话，一直勉强自己想握到那颗痣。"

他看了一眼我的右手。

"可是没什么效果。"

我们并肩相互看着彼此的痣。

"小良为什么想当医生啊？"

淳史突然问。他应该是想起了下午姐姐念的那篇我小时候写的作文吧。

"那是以前的事了……"

我不好意思地说。淳史继续看着自己的手掌。

是啊。我记得当我跟淳史一样大的时候，我也是跟父亲一起泡在这浴缸里，问父亲他为什么想当医生。相较于我细瘦的小肩膀，父亲的肩膀又宽又厚。我崇拜那样的父亲，所以以为只要当了医生，就可以一直跟那样的父亲在一起。我现在还能清清楚楚地回忆起这件事。

"很久很久以前……"

跟着叹息声，我又说了一次。

走出浴室的淳史又跳上了体重计。水珠从他的刘海滴下来。

"喂，不把头擦干会感冒的。"

我把浴巾盖到他头上用力地搓揉。浴巾包覆了他整个上半身。隔着浴巾触到的肩膀和背是这么的脆弱，仿佛用力一捏就会碎掉似的。

我拍了拍他的头，放开他。

母亲准备的睡衣的确很吸汗，好像可以吸干所有的汗水，但对一个年过四十的男人来说，还是过于可爱了。看着镜中的自己，怎么看都像是没画好的哆啦Ａ梦。

淳史也看着我的模样忍着笑。

"很'一般'……吧？"

我故意学他的口头禅。

他歪着头表示这可不好说呢。我笑着说："那就是咯。"然后我们不自觉地一起笑了起来。

这时，从起居室传来一声母亲的"哎呀呀"，分不出是出于惊讶还是困惑。我们纳闷地互看一眼，又继续竖起耳朵听。

走出走廊的我，第一个看到的是摇摇晃晃地在房间里徘徊的母亲。有一瞬间，我完全摸不清发生了什么事。

"好像是迷路飞进来的。"

站在角落的由香里担心地对我说。

顺着由香里的视线看过去，有一只纹黄蝶，就像在陵园里看到的那只。母亲伸出双手，追着那只蝴蝶在房间里徘徊。蝴蝶像是要躲母亲似的，在天花板的角落飞舞着。

"从陵园一路跟过来的吧……"

母亲的眼神有些哀伤，但又闪烁着不寻常的光芒，让人觉得她正在看着我们看不到的什么。我只想赶快结束这不自在的时间，走向檐廊，打开了面向庭院的窗子。

"不要开，说不定是纯平。"

母亲用尖锐的口吻说。

"喂……妈……"

我已经无话可说了。

"纯平……"

母亲边这么呢喃，边又开始追逐蝴蝶。我被她认真的模样所迫，不得不关上开了一半的窗子。换上睡衣的淳史从浴室出来，站在走廊看着母亲那模样。父亲察觉到骚动，也从诊室出来了。

看到母亲失魂落魄的样子，父亲与其说是担心，不如说是生气了。

"快把它赶出去。"

父亲对着我挥动他手中的报纸。我做不了主，只能伫立在窗前。母亲追逐着蝴蝶，经过我的眼前。

"别闹了，丢人现眼。"父亲站在走廊冷冷地说。

"妈，冷静点……"

我这么唤她，她嘴里说着"可是……"，眼神紧追着蝴蝶不放。在房间角落飞舞的蝴蝶，轻轻划过母亲伸出来的指尖，改变轨道，从起居室的日光灯下飞过。那一瞬间，蝴蝶的翅膀亮起鲜艳的黄色光芒。然后蝴蝶摇摇晃晃地飞过茶几上方，停在佛龛前大哥遗照的相框上面，收起翅膀休息。我像是目睹奇迹似的，一股说不上来的奇妙感情涌上心头。

"你看……果然是纯平。"

母亲小声地说。虽只有一瞬间，但我相信现场的五个人，都被和母亲相同的感情所包围。

"怎么可能……"

父亲虽这么说，但这句话还没说完，他已无力地没了声响。

"纯平……"

母亲如此呼唤着，一步步靠近佛龛。我和父亲也接近了蝴蝶，不是为了阻止母亲，而是想看得更清楚。蝴蝶像是调整呼吸似的微微摇摆着翅膀。我慢慢将右手伸向蝴蝶。

"轻一点……轻……"

父亲担心地说。我用手指从两侧捏住它的翅膀,它也没有骚动。只是,当我想要捏起它的时候,它像是要抵抗我似的,用它细细的脚,紧紧抓着相框边缘不放,那力道比我想象的还大。我轻轻地以不会伤害它的力道扳开它的脚,让围在我周围的父母看清楚。

"只是蝴蝶啦,普通的蝴蝶……"

但母亲似乎还是不愿相信,紧盯着我的手。

"对啊,只是普通的蝴蝶。"

同样定在那里的父亲,也因为我的话而回过神,离开我们走向厨房。淳史接近我们,小心地看着我手里的蝴蝶。

"我放它走了啊。"

在跟母亲确认过后,我走向檐廊,想要赶快结束今晚这件事。母亲和由香里、淳史从后面跟上来。我打开窗户,将蝴蝶放回庭院。它一开始像在房间里那样徘徊着,后来消失在黑暗之中。

"奶奶的七周年忌日时,也是有蝴蝶在晚上的时候飞进来。"

母亲闭上眼,将手放在额头上自言自语着,那模样像随时要昏倒似的疲惫无神。

"妈，你去洗个澡吧。"

我特意开朗地说。

慢慢睁开眼的母亲终于正脸看向我。

"嗯……也好呢。"

母亲摇摇晃晃地走向隔壁和室。房间里面摆满了摊开来的和服，应该是刚才和由香里两个人在讨论着要送她哪一件。母亲斜坐在榻榻米上，将和服拉到自己膝前折叠起来。

这时，玄关的电话铃声大响。父亲坐在厨房椅子上没有动静，我只好无奈地去接电话。电话是对面冈先生家的儿子打来的，说他母亲的状况不好。今年八十岁的房阿姨和父亲是旧识了，她只要身体不好就一定会来找父亲商量。虽然父亲停止看诊已经三年了，但她说无论如何都要让父亲看才放心。

"隔壁阿姨说她不舒服。"

我用手遮住话筒，向厨房内的父亲说。一瞬间的沉寂后，父亲将报纸放在桌上，走过走廊。

"转接过来。"

父亲经过我的时候指了一下诊室。他踩得地板吱呀作响，走了进去。

"又是心脏吗？应该服了强心剂才对啊……"

我听见他喃喃自语的声音回荡在无人的玄关。

我按了内线转接，放下话筒。母亲终于拿着换洗衣物走向浴室了。淳史还站在檐廊找着看不到的蝴蝶。由香里忧心地看向我。我笑了一下，表示没事。

我走到候诊室附近看看情况怎样了，结果听到父亲的声音从诊室传来。

"那就叫救护车……不，我已经……我当然也想要帮忙……可是……"

透过门上的窗，我可以模糊地看见父亲的影子。

"对不起，我帮不上忙……"父亲最后这么说，然后安静地放下话筒。

"叮"的一声一直传到候诊室来。

父亲站着，丝毫没有动作。我也不敢动弹，只能伫立在候诊室门口。

救护车一停在家门对面，附近马上围起了人墙。过了一会儿，房阿姨躺在担架上从玄关被抬了出来。原本站在远处，双手交叉在胸前观看的父亲走到救护车附近，很忧心地看着她的脸。可能是呼吸困难，她戴着氧气罩，看不清脸上的表情。

"脉搏呢？现在多少？"

父亲问救护队员。

"不好意思，很危险，请离远一点。"

救护队员不知道是不是没听到父亲的声音，不带情绪地说道。那年轻人可能没有发现父亲是医生，而父亲被当作看热闹的民众，也失去了冷静。

"不、不是这样的，我是……那里的……"

对着忙碌的救护队员，父亲指了指自己身后的家。但一切仍在继续进行，父亲的行为丝毫没有对事态造成影响。队员打开救护车后门，将担架滑进车内。我站在玄关，静静地看着站在救护车旁不知所措的父亲的背影。我从来没有见过如此心酸的父亲。

救护车没有鸣笛便开走了，父亲被留在一旁。他站在马路上，有些不舍地目送着救护车。又少了一个叫父亲"老师"的人了……我也变得有点感伤。围观群众三三两两地散去。可能是已经过了住宅区，过了一阵子救护车拉响了警笛。

"啊，该睡了……"

发现只有自己被遗留下来的父亲，像是对自己说似的，走回我所在的玄关这边。我很想跟他说些什么，主动靠近他一步。察觉到这件事的父亲看了我一眼，像是拒绝怜悯似的撇开视线笑了一下。

"不要穿着这种睡衣乱跑，丢人现眼……"

唠叨了我一句后，父亲就匆匆进门了。警笛还在远方响着，我感觉到拖鞋里的脚底板冰凉冰凉的。

进了家门，我走向浴室，打开洗手间的门站在镜子前。我在那里假装刷牙，看看里面怎样了。浴室里安安静静的。我正想问"妈，你还好吧"的时候，母亲先发出了声音。

"明明说要修瓷砖的……结果吃饱睡足就回家了，那个信夫……"

母亲好像是扭开水龙头在洗假牙。

"那个人每次都这样……只有一张嘴……"

她恢复了平时的尖酸刻薄，这让我放心了许多。我隔着毛玻璃感觉着她的存在，然后用母亲帮我准备的牙刷刷牙。

这一天发生的这些连事件都称不上的小事，直到现在我都记忆犹新。因为正是在这一天，我第一次感觉到父母不可能永远都像以前一样。这是件理所当然的事情。但即便我眼看着父母年华老去，我却什么都没有做。我只能不知所措地远远看着同样不知所措的父母。而第二天，我甚至忘记了这些事件，仍对他们的存在感到厌烦，然后马上回到了属于我自己的、与他们毫不相干的日常生活。双亲会老，是无可奈何的事情；会死，多半也是无可奈何的。但是，没能与他们的衰老或死亡发生一点联系这件事，对我来说如鲠在喉。

　　母亲第一次倒下的一年后，发生了第二次脑出血。虽说痴呆症持续恶化，但也曾一度恢复到可以坐在病床上用嘴进食，甚至医院方面还提到差不多可以开始复健了。母亲常对帮她擦脸的看护故意说些"很痛的""你技术好差啊"之类的刻薄话逗大家笑，所以她在医院里颇得人缘。也正因如此，当我接到通知时就更加震惊。"决定了吗？若这样下去，大概只能撑四五天吧，要动手术吗？"被主治大夫这么问，我毫不犹豫地低下头说"麻烦您了"。我现在还不能让母亲死。要让她看到有出息一点的我，我想。"那么……我无法保证手术后令堂的脑功能不会受到影响，但我会尽力的。"主治大夫对我露出微笑。

　　手术成功了。虽然已经无法开口，眼睛也看不到，但在耳边跟她讲话，她还是会点点头或摇摇头。再接下来的半年，我每天就只能不知所措地看着母亲一步步接近死亡。从刚开始的急救医院转到第二间医院的时候，母亲已经不被看作一个人了。医生和看护从来没有叫过她的名字，也没有跟她说过话。当然也可以说，那是因为他们从来没见过母亲有说有笑的样子。我去探病，却要看到母亲被当作东西看，实在是很痛苦的事情。但我还是硬着头皮每天去探病。可能是为了弥补无视父亲托梦忠告的过错，也有可能是为了惩罚犯错的自己。

转院之后没过多久，母亲便无法靠自己呼吸了。她已经不会再有任何奇迹了，这点就算我这个亲属也非常清楚。可是我还是没放弃。

"请装上人工呼吸器。"我说。

"要装吗？"

医生惊讶地看着我。

"我认为您已经充分努力过了……"

这次换我惊讶地看着医生。他露出嫌麻烦的表情。人工呼吸器一旦装上就无法轻易地拿下来。从医院的角度来看，他们当然不想持续治疗需要那么多种药物的病患。因为对于一张病床，医院所能要求的医药补助是固定的。因此，从利益的角度来考虑，医院当然是希望多治疗比较省钱的病患。

"就像是银行的呆账一样。多医多亏损。"

一个熟识的医生如此告诉我。即便如此，我还是请他们尊重家属的期望。过了没多久，我被护士长叫去。我坐在医护中心，和几乎没有说过话的五十几岁的护士长对谈。她劝导着坚持要求加装人工呼吸器的我。

"我相信令堂也不会希望用这种方式延长寿命的。"

她试着说服我。

"我认为这完全是家属的自私。"

被这么一说，我有股冲动想要狠狠揍眼前的这个女人一拳。你懂什么？我握着拳头在心里大喊。你可以马上说出我母亲的名字吗？你从来没有在我母亲耳边跟她说过话，你凭什么断言她不想延长寿命？前一天，我才在母亲耳边问她："还可以撑下去吗？"她清楚地点了两三次头。我问她："会不会痛？"嗯她也清楚地点了头。你根本不知道这些事情，你也根本没有试着去知道不是吗？我很想这么说。

"拜托您了。"

结果我只说了这么一句，然后深深低下了头。因为我害怕母亲受到比现在更冷淡、更不像人的待遇。还有一个原因，就是我无法否定她说的"自私"这个词。还不想让母亲死去这个想法，确实除了我的自私之外什么都不是。

母亲被我那样的自私拖着，又多活了三个月。在这三个月间，由香里生了小孩，是个女孩。母亲恐怕已经无法认知我成为父亲这件事了吧。当然，她的身体状态也早已不允许抱小孩了。所以，那三个月对母亲来说，或对我来说到底有什么意义，说实话到现在我都不知道。也许就像医生和护士长说的，我只是延长了她的痛苦而已。

最近我常想的是：如果父亲还活着的话会怎样？身为医生的父亲会如何判断？身为丈夫会有何种感情？然后，如果大哥还活着的话会怎样？他会不会责怪我做的判断？到现在我偶尔还是会问自己这些没有答案的问题。

不知不觉间，我走到了二楼自己的房间。可能是结束了漫长的一天之后想要一个人独处吧。我穿着睡衣坐在书桌前。已经坐不太下的旋转椅吱呀作响。书桌上依旧摆着下午被我揉成球丢在那里的那篇作文。我拿起来摊开看，可能从姐姐手上抢回来的时候太过用力，左上角破了一点，还有红色的类似西瓜汁的渍。作文上画着图，那是穿着白袍、提着公文包的父亲和大哥，还有挂着听诊器、张着嘴大笑的小学生时的我。笑到看得见喉头的我，看起来真的很快乐。我拉开抽屉找着，然后在老旧的自动笔和钥匙圈后面找到了透明胶带。看起来还可以用。我把作文翻到背面，将撕破的地方细心地用胶带贴起来。这就是我这·天唯一做的一件修复作业。在那之外，我什么都没有做。

我安静地下楼。从玄关旁姐姐的房间传来由香里和淳史嬉闹的声音。那声音听起来很幸福。我没有马上走向那里，而是走进了关着灯的厨房。走廊尽头的那间和室里听不到说话的声音，可能父母都睡了吧。我从餐橱拿出杯子倒了水喝。厨房桌上那朵粉红色的百日红在黑暗中显得很亮眼。

很久以前，我们刚搬到这里的时候，我和大哥、姐姐曾一起去探过险。我们确认了附近公园和学校的位置，偷看人家的狗屋，探险似乎永无止境。中学的后方有一间大房子，房子的大门旁有一棵百日红的树枝长到外面来，花朵一直垂到路边。

"这是爸爸在庭院种的那种树。"大哥说。

"明年会开花吗？"姐姐问。

"笨蛋，哪会长那么快啊？"

大哥说："到开花至少要十年。"他摸了摸花，闻了闻味道。姐姐也踮起脚尖，用指尖触碰花朵。我也踮起脚，伸出手，但完全触碰不到。

"喏。"

大哥为我拉下树枝。

"不用。"

我觉得被当成了小孩子，于是断然拒绝他。

我助跑，用力跳起，确确实实感觉到触碰到了花朵，然后落地。我这才发现一枝百日红的花叶握在我手里。

"不关我的事啊。"

"会被骂的。"

大哥和姐姐说完便逃跑了。我也怕会有人从房子里跑出来骂，所以拼命追着那两个人的背影。到家的时候周围已经暗了。

"把它丢了啊。"

虽然大哥在玄关这样说，但我摇摇头拒绝了。一方面我是顾忌着乱丢证据万一被发现就完了，另一方面是因为那百日红的花太过鲜艳、漂亮，我舍不得丢。我忐忑不安地把握在手里的粉红色百日红送给了厨房里的母亲。

"该不会是偷摘的吧？"

在称赞过好漂亮之后，她看着我的脸问。大哥和姐姐都喝着麦茶，装作若无其事的样子。

"捡到的啦。"

我没看母亲的脸，跑去加入他们两个。

第二天早上，我发现百日红被供在了佛龛前。有一阵子，我每次看到那朵百日红，都觉得是老天爷在指责我的罪过，感到很不安。

从那之后已经过了三十年。现在我眼前的这朵百日红和当时同样的鲜艳漂亮。也只有那个美，是和三十年前一样的。除此之外的一切，几乎都不留任何痕迹地改变了样貌。

歩いても　歩いても

隔天早上，我和淳史、父亲三个人要到海边散步。我也邀了由香里，但她说要跟母亲一起收拾早餐的碗盘，婉拒了我。她有点调皮地对我笑了一下。

"路上小心。"

她用教小孩的眼神跟我说。

我们在玄关穿鞋子的时候，母亲从厨房探出头来。

"不要下水哦。"

淳史站在门边开朗地回答："好。"我出了门，发现父亲伫立在昨天停救护车的地方，看看对面家门口种的向日葵。

"去海边吗？"

跑过来的淳史抬头看着父亲。我看他完全没有打算要遵守和母亲之间的约定。

"啊，走吧走吧。"

父亲像是被拉回现实似的看看淳史的脸，笑了一下，开始往前走。

淳史跑出去一段后停下，回头。我还无法对着那样的淳史挥手或微笑。但我以一种能体现出我心中快乐的方式，迈着轻盈的步伐朝他走去，偶尔望向蓝天做个深呼吸。

我们三个人没有并排走，前后都有些距离。走到了那条绿色隧道的阶梯。淳史两步并一步地一口气冲下阶梯，然后在底部翻着路边的叶子，或用木棒戳水沟里的石头等我们。在比较陡的地方，我发现父亲的脚步慢了下来，仔细听可以听到他急促的喘气声。我为了不让他觉得我在顾虑他或迁就他，假装抬头看阳光来偷偷看他。父亲根本没有余力看天空，他整个额头都是汗，全力注意着自己的脚底下。

我停下脚步，突然拿出手机假装有来电，站到路旁，其实是在听语音信箱。在这期间，父亲慢慢地超过了我。他为了要赶上淳史拼了老命，但又不想被人察觉到这一点，让我看得更加心疼。我静静地将手机放回口袋里，然后看着父亲的背影，用不会追赶上他的速度慢慢走。

虽然是假日的早上，但路上已经塞满了车。的确，要到海边游泳的话，今天可能真的是最后的机会了。

当好几辆大卡车从眼前经过之后，我们在道路的另一边看到了灰色的海。浪很大，海况似乎不太好。

回头确定我们跟上了之后，淳史继续向前走上了天桥。

父亲似乎有一点犹豫。因为他眼前的那片海正是大哥溺毙的地方。但他还是被淳史引领着走上了阶梯。跳下沙滩的淳史回头看了我们一眼，然后就一口气冲向了海浪拍打的地方。

"别摔倒啊。"

我对着他的背影叫。

"没关系。"

淳史面向着海回答。

这样的互动让我觉得自己像个父亲似的，害我有些不好意思。

浪果然很高。这里是禁止游泳的区域，所以只有几个人在钓鱼，就算是夏天也很少人来。天上的云以很快的速度被吹向山头。父亲用双手撑在拐杖上，威武地站着。我从他背后慢慢接近，蹲在父亲旁边看着海。我想说点什么，但找不到话题。我怕问他脚的状况会让他不高兴。这会让回程没那么愉快。

"横滨海洋星队不知道怎样了……"

在思索过后，反而是我提出了关于棒球的话题。已经九月了，说实在的，这话题有点不合乎季节。

"现在应该是看横滨水手队[1]的时候吧。"

父亲假装踢球的样子，诡笑了一下。我忍不住站起身子。

"嗯？爸你还看足球？"

"我还去过横滨足球场呢。"

父亲得意地说。

1　又称横滨马里诺斯队，成立于 1972 年。1999 年与横滨飞翼队合并，现称横滨 F 水手队（Yokohama F. Marinos），日本最成功的职业足球俱乐部之一。

"是吗……跟谁？"我确定不是跟母亲。我也没有听姐姐说过他和阿睦、纱月一起去过。

"和谁不重要吧……"

父亲有点不好意思地说，然后故意装出不高兴的样子。不过，可能因为不是真的生气，所以那表情没持续多久。

"下次一起去吧……带着小鬼们。"

父亲用下巴指了一下捡起石头往海里丢的淳史。

"也好……"

我困惑整件事的意外发展，但还是答应了。

"我近期找个时间……"

我没看父亲的脸，这样说道。父亲也始终没有看我的脸。

"有沉船！"

从激烈的浪声和风声之中传来了淳史的叫声。淳史边看着我们，边指着远方的海滨。那似乎是一艘白色的渔船，船头对着陆地搁浅在沙滩上，船身倾斜着。海浪激烈地拍打着甲板。有几个渔夫拉着绳子，围着那艘搁浅的船拼命拉着，但船似乎完全不为所动。淳史想要走向船那边，但父亲这次没有要跟上的意思。他可能是想起了大哥发生意外的那一天吧。

那成了我和父亲的最后一次散步。来年他的腿开始麻了，别说爬楼梯，连走平地都会跌倒。无法出门的父亲突然老了许多。也许男人就是这种生物。我看到过一次他洗完澡在棉被上按摩自己的腿的样子。父亲满是肌肉的腿曾经是那么地结实、粗壮，可那时的右小腿却变得像木棒一样细。那只脚可能因为没有晒到太阳，显得苍白、无力，皮肤松弛地皱在一起。不知道为什么，让我想起了很小的时候在澡堂看到的爷爷的阴茎，令我忍不住撇开了视线。

"要去看牙齿哦。"

并肩在站牌等公交车的母亲又重复着同样的话。从昨天起已经是第二次了。

"嗯……改天我会去看。"

我又看了一次时刻表。我们婉拒了邀我们留下来吃午餐的母亲，总算踏上了归途。父母很不舍地送我们到站牌。

"一直改天改天……有一颗牙齿蛀掉的话，隔壁那颗很快也就不行了。"

母亲板起脸说。

"是。"

我想让她的叮咛就此打住，故意用力地点头说道。

"等到非拔不可才去看可就太迟了……"

看来我的意思并没有传达到。

"好好好……"

我走上马路往转角的方向看，巴望着公交车早一点到。由香里在旁边笑了一下。可能是因为母亲的台词和平常她跟淳史说的一样吧。她的手里提着昨天晚上母亲挑给她的和服和腰带，用一个大大的布巾包着。父亲在离大家几步远的地方，背对着海，面无表情地站着。淳史抱着由香里的白色洋伞站在候车亭的最前头。

"周末要好好休息哦，你也不年轻了。"

母亲的唠叨还在持续着。

"什么嘛，你昨天不是才说过我还年轻吗？"

母亲前后不一的话令我忍不住笑了出来。这时，公交车终于转过弯出现在我们眼前，响了一声喇叭。

"唉，这就来了……"

母亲很失望地叹了一口气。

"还有什么来着？该说的事……"

母亲思索了一下，但很快便放弃了。她用双手握着淳史的右手上下摇了摇。

"那，欢迎再来玩哦。"

淳史轻轻地点了一下头，很不好意思地缩回被握着的手。

由香里主动握住母亲的手。

"下次要教我怎么做哟，糖炒萝卜丝。"

"小事一桩。"

母亲微笑道。父亲面无表情地看着那样的母亲。母亲理所当然地也把手伸到我眼前。

"我不用啦。"

我还是不好意思握母亲的手。

"喏。"母亲把手伸得离我更近。我把自己的手藏到了背后。

"为什么要握啊？"

"为了什么都好啊。"

这时，刚好公交车到了。

"再见。"淳史规矩地鞠躬之后第一个跳上了公交车。由香里回头看向父亲挥挥手。

"爸爸再见。"

"再见。"

我笑着对母亲说，然后最后一个上车。淳史好像早就忘了爷爷奶奶似的，背对车门看着公交车路线图。我和由香里还是顾虑地坐到了最后面。车启动了。我们从后面的窗子对着父母挥挥手。越变越小的母亲还留在站牌挥了一会儿手，父亲则立刻过了马路往回走。母亲从后面踏着拖鞋小跑着追了上去。当公交车沿着海边左转时，就再也看不到他们两个人的身影了。我们俩同时转头看向前方。我听到由香里长长地叹了一口气。

虽说她很能干，但要饰演一个平常不习惯扮演的好媳妇还是会让她疲惫吧。

"那过年应该就不用来了吧。一年一次也够了。"

我对由香里说。说到疲惫，我和她不相上下。

"一直让他们破费也挺不好意思的，下次就当天来回好了……"

"我不是早就说了吗？昨天应该晚餐前就回去的。"

"吃了那么多东西，我可能得胖了一公斤。"

由香里有点撒娇地说。淳史跑回来坐在我们俩中间。

"七站。"

他是看路线图数的吧。今天的淳史比起往常更像个小孩子，让我松了一口气。

"啊……"

我忍不住发出声音。由香里睁开眼看我到底发生什么事。

"我想起来了。昨天说到的相扑选手……"

"哦哦，是那个事啊。"由香里无所谓地回应我。

"是黑姬山……"

虽然明知道不会看到父母，我还是回头看了一下。我从公交车后窗看着沿海的道路，叹了一口气。

"每次都这样。总是有那么一点来不及……"

可能是司机换挡了，车突然猛烈地震颤了一下，随后加快速度奔驰了起来。窗外向后飞逝的海，倒映着天空平稳的蓝色。

关于黑姬山的话题之后再没被提起过。到最后，我也没有和父亲去看足球，也一次都没让母亲坐过我的车。唉，早知道的话……每当我这么想的时候，机会都早已从我身边溜走了，而且再也无法挽回。

人生，总有那么一点来不及。那就是我失去父亲还有母亲之后，我最真实的感受。

父亲的死来得太突然，以至于我连看护他的机会都没有，也无法和他好好聊一聊。实际上，我感受不到他过世的真实感，所以连守夜的时候，我也没有流下一滴眼泪。到了晚上，我看向棺材里头，发现父亲的嘴是张着的。那和他睡觉打鼾时的表情一模一样。如果让他的嘴就这么张着僵掉，那明天的告别会就太不成体统了。我和母亲以及姐姐讨论着该怎么让他合上嘴。又不能像摆手的造型那样用绳子绑起来。我在苦思良久后，将卷筒卫生纸包在毛巾里面，顶在他的下巴下面，防止嘴巴张得更开。半夜偷偷去看时，发现总算成了不至于被嘲笑的样子。我不知道是不是已经僵硬了，便伸手去摸他的下巴。

指尖传来粗糙的触感。是他的胡子。过世之后虽然刮过一次，但我记得曾在某一本书上读过，人死了之后皮肤会萎缩，因此会造成这样的现象。

很久很久以前，我也曾经这样摸过父亲的胡子。当时父亲盘坐在起居室的榻榻米上，我则坐在他腿上，两人一起看着电视的棒球转播。在我的脸旁边就是父亲的下巴。那没刮干净的胡子有时会刺痛我的脸颊。

"很痛的。"

每当我这么说，父亲就故意用他的下巴蹭我的脸。我突然想起那时候的触感，一人在棺材旁边哭泣。而一旦开始哭泣，我的眼泪就再也停不下来了。

失去了父亲和母亲之后，我就再也不是某个人的儿子了。取而代之——虽然这么说有点奇怪——我有了一个女儿。说实话，这并没能消解我对父母抱有的种种悔恨，或是填满我心中的空虚，没有那么好的事。失去的终究还是失去了。只是，当我有了两个小孩，就不得不考驾照、买车。如此看来，种种事情也许只是换了一个形式，换了对象，但还是会不断地重复下去。那并不是快乐或悲伤这种易于理解的感情。也正因为它是如此难以理解，所以我觉得它说不定与人生这东西十分相近。

女儿笑起来很像我妈。升入高中的淳史将来的梦想是什么，我不得而知，但看来不是医生。由香里每到夏天，就把母亲送她的和服拿出来，纠结是穿还是不穿。

再过一阵子，对，明年母亲的忌日，我想一家四口去那个看得到海的墓地。

也许在那里，我会一边说"今天那么热，这样舒服点儿吧"，一边用长柄勺给墓碑上浇水。

或许还会在回程路上指着看到的蝴蝶，向牵着我的手的女儿说："看那只黄色的蝴蝶。听说啊，只要纹白蝶活过了冬天，第二年就能变成黄色的蝴蝶飞回来呢……"

然后想起母亲，可能会哭，也可能会笑吧。

图书在版编目（CIP）数据

步履不停 /（日）是枝裕和著；郑有杰译 .
—北京：北京联合出版公司 ,2017.3（2023.5 重印）
ISBN 978-7-5502-9768-5

Ⅰ.①步… Ⅱ.①是… ②郑… Ⅲ.①长篇小说 –
日本 – 现代 Ⅳ.① I313.45

中国版本图书馆 CIP 数据核字（2017）第 023931 号

『歩いても 歩いても』 （是枝裕和）
ARUITEMO ARUITEMO
Copyright © 2016 by Hirokazu Kore-eda
Original Japanese edition published by Gentosha, Inc., Tokyo, Japan
Simplified Chinese edition published by arrangement with Gentosha, Inc.
through Japan Creative Agency Inc., Tokyo.

北京市版权局著作权合同登记 图字：01-2023-1044

步履不停

作　　者：[日]是枝裕和
译　　者：郑有杰
出 品 人：赵红仕
责任编辑：管　文

———————————————————————————

北京联合出版公司出版
（北京市西城区德外大街 83 号楼 9 层　100088）
三河市冀华印务有限公司印刷　新华书店经销
字数 100 千字　880 毫米 ×1230 毫米　1/32　7.5 印张
2017 年 3 月第 1 版　2023 年 5 月第 20 次印刷
ISBN 978-7-5502-9768-5
定价：58.00 元

———————————————————————————